フィリップ・クローデル

リンさんの小さな子

高橋啓訳

みすず書房

LA PETITE FILLE DE MONSIEUR LINH

by

Philippe Claudel

First published by Éditions Stock, Paris, 2005

この世のすべてのリンさんと
その小さな子に捧げる

ノームとエメリアのために

船の後部に老人が立っている。腕には軽い旅行鞄と、その鞄よりもっと軽い赤ん坊を抱えている。その老人の名はリン。彼がこういう名であることを知っているのは本人しかいない。なぜなら、それを知っている周囲の人たちはみな死んでしまったから。

老人は船尾に立って、遠ざかる自分の国を、自分の祖先と死者たちの国を見ている。赤ん坊は腕の中で眠っている。故国は遠ざかり、ひたすら小さくなってゆく。リンさんは、吹きつける風にマリオネットのように揺られながら、故国が水平線の彼方に消えてゆくのを何時間も見つめている。

航海はいつまでも続く。何日も何日も。その間、老人は船尾に立ったまま、白い航跡に目を落とし、その畝がついに空に溶けてもなお、失われた岸辺を求めて、はるか彼方を探っている。

船室に入るようにうながされれば、何も言わずに従うものの、しばらくするとまた後甲板に立ち、片手で手すりを握り、もう一方の腕に幼子を抱き、ごわごわした革の旅行鞄を足もとに置いた姿を見せる。

その鞄には、蓋が開かないようにベルトが掛けられている。いかにも貴重なものが入っているようだが、じつは着古した衣類と、日光ですっかり褪せた一枚の写真と、一握りの土を詰めた布の袋しか入っていない。持ってくることのできたものすべてがそこにある。もちろん、幼子もそうだ。

幼子はおとなしい。女の子だ。リンさんが、自分と似たような境遇のおびただしい数の人々と一緒に乗船したときには、生後六週間だった。すべてを失った男女がにわかに集められ、言われるがままにこうして船に乗っている。

六週間。航海に要する時間も六週間。だから、船が目的地に着けば、赤ん坊が生きた時間もちょうど倍になる。老人のほうは、一世紀も老けたような気分だ。

ときどき老人は歌を口ずさむ。いつも同じ歌、すると赤ん坊の目が開き、口も開く。じっとその子を見つめているうちに、ごく幼い子供の顔以上のものが見えてくる。風景、まぶしい朝、田圃《たんぼ》をゆっくり、のんびり歩いていく水牛の足取り、村の入口に立っているバンヤンジュのたわんだ木陰、夕方になると山から降りてくる青い霧、肩にやさしく滑り落ちるショールのような。

与えたミルクが、口もとからこぼれ落ちる。リンさんはまだ慣れていないのだ。手つきがぎこちない。でも、女の子は泣かない。また眠りに落ちる。すると彼は水平線に目を戻し、泡立つ航跡と、その彼方を見つめる。彼方を見やったところで、もうずいぶん前から何も見分けられなくなっているのに。

十一月のある日、ようやく船は目的地に着いたが、老人は降りようとしなかった。船から離れれば、自分と故郷の大地を結びつけていたものから、完全に切り離されてしまう。するとニ人の女性がやってきて、彼を病人のように優しく扱いながら、波止場へと連れていった。とても寒い。空は曇っている。リンさんは新しい国の匂いをかいだ。何も感じない。なんの匂いもしない。ここは匂いのない国なのだ。彼はいっそう強く子供を抱きしめ、耳もとで歌を歌う。実を言えば、それは自分自身のため、自分の声と国の音楽を聞くためでもある。

波止場に降りたのは、リンさんと幼子だけではない。同じような人が数百人はいた。老いも若きもただ従順に、ほんのわずかな身の回りのものだけを手に、これからどこに行くのかもわからないまま、寒空の下で待っている。誰も言葉さえ交わさない。悲しげな顔をした弱々しい彫像の群れが押し黙ったまま、がたがた震えている。

船から降りるのを手伝ってくれた二人の女性のうち一人が戻ってきた。ついて来いと合図をする。言葉はわからないが、仕草ならわかる。老人はその女性に幼子を見せた。彼女はそれを見て、一瞬とまどったようだが、やがてほほえんだ。老人は、そのあとについて歩きだした。

その子の両親は、リンさんの子だった。その子の父親がリンさんの息子だったのだ。息子夫婦は、故国でもう何年も続いている激しい戦争で亡くなった。ある朝、赤ん坊を連れて田圃に出かけたまま、夜になっても戻ってこなかった。老人は走った。息を切らして田圃に着いた。田圃は水浸しの大きな穴と化し、その穴のかたわらには腹をえぐられた水牛の死体と、藁《わら》のように真っ二つに折れたくびきがころがっていた。そして息子の遺体、その妻の遺体、そこから少し離れたところに、産着《うぶぎ》でくるまれ、目をぱっちりと開けたままの無傷の赤ん坊、その横には人形、赤ん坊と同じくらいの大きさの人形がころがっていた。その人形は爆弾で首が飛んでいた。赤ん坊は生後十日だった。両親は〝サン・ディウ〟という名をつけた。国の言葉で「穏やかな朝」という意味だ。そういう名前をつけて、両親は死んでしまった。リンさんはその子を抱いた。そして立ち去った。永遠に立ち去ろうと心に決めた。この子のために。

こんなふうに思いをめぐらせていると、幼子がますます強く自分のわき腹にしがみついてくるような気がする。老人は鞄の取っ手を握りしめ、女性のあとから歩いていく。その顔は十一月の雨に濡れて輝いている。

ぽかぽかと暖かい部屋に入ると、場所を指示された。座れというのだ。部屋にはいくつものテーブルと椅子がある。とても広い部屋だ。はじめは彼らだけだったが、しばらくすると船に乗っていた人たちがぞくぞくとやってきて居座った。スープが配られた。老人は何も食べたくなかったが、例の女性がまたそばにやってきて、食べたほうがいいとさとす。それから、すでに眠ってしまった子供に目をやる。老人は、子供をじっと見つめる女性を見て、なるほど彼女の言うとおりかもしれないと思う。食べて精をつけたほうがいい。自分はともかく、この子のために。

心ならずも飲みこむこの最初のスープの素っ気ない味は、生涯忘れられないだろう。下船したばかりで、外はとても寒く、しかも自分の国ではなく、異様な異国、どれほど時間が経とうと、思い出と現在の距離がますます広がろうと、彼にとっては永遠に異様な異国のままだろう。

スープの味は、さっき下船したときに吸いこんだ町の空気に似ている。まるで匂いがしない、味がしない。思い当たるものが何もない。レモングラスの心地よい刺激もなければ、摘みたてのコリアンダーの風味も、とろりと煮込んだ臓物の旨味もない。口の中に、体の中にスープが入っていく、すると突然、これからの新たな人生で待ち受けている未知のものが丸ごと自分の中に入ってくるような気がした。

　夜になると、例の女性がリンさんと幼子を宿舎へと案内した。部屋はきれいで、だだっ広い。二家族の難民がすでに三週間前からそこで寝起きしている。どちらの家族も、すっかりこの場に慣れて、くつろいでいる。同じ南部の地方の出身だということで、気心が知れている。一緒に逃げ出し、難破船の残骸にしがみついて長いこと漂流したあげく、本物の船に出会って救出されたのだ。男が二人、どちらもまだ若い。一方の男には妻が一人、もう一方の男には二人の妻がいる。総勢十一人の子供がいて、やかましく、にぎやかだ。全員が老人を邪魔者のように見つめ、彼が抱いている赤ん坊に対しては、驚いたような、多少敵意をふくんだような目を向けている。リンさんも、自分が迷惑がられていると感じる。とはいえ、彼らも歓迎の素振りだけはせざるを得ないので、リンさんをおじさんと呼んで、しきたりどおりにお辞儀をする。子供たちは、小さなサン・ディウを抱かせてくれと言うのだが、リンさんは穏やかな声で、それは困ると答える。しっかり抱きしめたまま離そうとしない。子供たちは肩をすくめる。三人の女はひそひそ言葉を交わし、やがて目を背ける。二人の男は隅に座りなおし、また麻雀を始めた。

老人は、自分にあてがわれたベッドを見つめた。幼子をそっと床に置くと、マットレスをベッドから外して、じかに床に敷いた。それから服を着たまま、鞄の取っ手を握りしめ、幼子のかたわらに横たわった。目を閉じると、車座になって食事を始めた二家族のことは忘れた。老人は目を閉じ、やがて故国の香りを思い出しながら、眠りについた。

日々が過ぎていく。リンさんは宿舎を出ようとしない。もっぱら赤ん坊の世話ばかりしている。その手つきは慎重かつ、ぎこちない。幼子はむずからない。けっして泣くことはなく、ましてや喚いたりしない。まるで幼いなりに涙をこらえ、乳飲み子の避けられない欲求を抑えることで、自分の祖父を楽にしてやろうとしているようだ。老人はそう思う。子供たちはそれを見て、しょっちゅうからかっているが、大声を出して騒ぎ立てたりはしない。女たちも、着がえをさせたり、体を洗ってやるときのぎこちない手つきを見ては、ときどき笑う。

「おじさん、なんにも知らないんだね！　わたしたちにまかせなさいよ。壊したりしないからさ！」

そう言って、なおいっそう笑う。子供たちも、母親より大きな声で笑う。でも、その都度、彼は頭を振って、手助けを断る。男たちは気の毒そうな顔で、ため息をつく。そしてまた長話とゲームに戻る。リンさんは、彼らにどう思われようと気にしない。幼い娘のことしか眼中にない。できるだけ手を掛けてやりたいのだ。しょっちゅう歌いかけている。

最初の日に出会った女性に、彼はひそかに波止場の女というあだ名をつけたのだが、彼女は毎朝、食べ物を運んできては、全員の健康状態を尋ねる。若い娘が同行している。彼女は故国の言葉を知っているので、通訳をしてくれる。

「まだ外出していないんですか、おじさん？　どうして外出しないんですか？　外の空気を吸ったほうがいいですよ！」

老人は無言で首を振る。まさか怖くて外に出られないとは言えない。見知らぬ国の見知らぬ街に出て、顔も知らず、言葉も通じない男たちや女たちとすれ違うのが怖いとは言えない。

若い通訳が幼子を見てから、波止場の女に長々としゃべりかける。女がそれに答える。何か話し合っている。娘がまた老人に言葉をかける。

「この子を散歩に連れていってやらないと、体が弱くなってしまいますよ！　ほら、おじさん、顔色が真っ青じゃない、まるで子供の幽霊みたい……」

若い娘の言葉に、老人は不安になった。幽霊は苦手だ。夜な夜な出没して、頭を悩ませる幽霊だけでたくさんだ。老人はサン・ディウを少し強く抱き寄せてから、あまり寒くなければ、あしたは散歩に連れていくと約束した。

「ここの寒さはね、おじさん」と若い娘は言う。「お国の温かい雨みたいなものなの、慣れるしかないんですよ」

波止場の女は若い通訳の娘と一緒に出ていった。リンさんは、いつものように鄭重にお辞儀をする。

翌日、老人は初めて宿舎を出て、また外の空気に触れた。風がある。海から吹いてきて、唇にわずかに潮気を残していく。老人は舌先で唇をなめ、その潮気を味わう。上陸した翌日、波止場の女が持ってきてくれた衣類を、すべて着込んでいる。シャツの上にセーターを三枚重ね着し、さらに少しだぶつく毛織のオーバーとレインコートを着て、折り返しのある帽子をかぶっている。これでは、詰め物で膨らませすぎた案山子《かかし》のようだ。それに子供にも、波止場の女に頼んで持ってきてもらった服をみな着せている。まるで腕に長細い大きなボールを抱えているように見える。

「迷わないようにね、おじさん、街は広いから！」これから出かけようとしているときに、女たちは彼に声をかけた。笑いながら、そう言った。

「子供をさらわれないように気をつけるんだよ！」女の一人はさらにそう付け加えた。するとみな女たちも息子たちも娘たちも、みな笑った。男たちも、それにつられて目を上げた。奇妙な身なりを見て、思わず笑い、一方の男は、ゲームをしながらたえずくゆらせている紫煙の向こうから、大きな声で言った。「一年経っても戻ってこなかったら、難民事務所に連絡してやるよ！」老人は、子供をさらわれるという女の言葉にぞっとしつつも、お辞儀をしてから外に出た。

リンさんは、歩道を変えずに、目の前の道をまっすぐに歩いた。歩道を変えず、通りを横断したりしなければ、道に迷うことはないはずだと思ったのだ。歩いた道をそのまま戻れば、また宿舎の建物を見つけることができるだろう。こうして彼はとにかく目の前の道をまっすぐ歩いている。着膨れして、にわかに大きくなった幼子をしっかり抱きしめながら。寒さのせいで、毛糸の衣類からはみでた頬が色づいている。たちまちほんのり赤く染まった赤ん坊の顔を見ると、春先に沼地で花開く睡蓮のつぼみをつい思い出す。彼の目は、涙目になっている。寒さで涙が目にあふれ、そのまま頬を伝っている。子供を悪党にさらわれないように、両手でしっかり抱きかかえているので、涙をぬぐうこともできないのだ。

歩くのに精一杯なので、街並みをろくに見もせず、彼はひたすら歩道を進んでいく。波止場の女と通訳の娘はいいことを言ってくれた。たしかに、こうして少し体を動かし、歩くと気持ちがいい。黒い宝石のようにきらきら輝く小さな目で彼を見つめている幼子も、同じことを考えているように見える。

リンさんはこうして長いこと歩いているが、宿舎の前を何度も通りすぎていることに気づかない。なぜなら、同じ歩道からけっして逸れることがないので、たくさんの家が立ち並ぶ大きな区画をただぐるぐる回る結果になっていたのだ。

一時間ほどすると、さすがに疲れを感じて、ベンチに腰を降ろした。通りの向こう側には公園が見える。膝の上に赤ん坊をのせると、炊いた米を入れた包みをポケットから取り出した。その米を口に入れると、お粥のようにとろりと柔らかくなるまで嚙みしめて口から出し、子供に与える。それからおもむろに自分の周囲を見渡した。

自分の知っているものと似ているものは何ひとつない。まるで、あらためてこの世に生まれ出たかのようだ。それまで見たこともない自動車が何台も何台も、規則正しく流れるように通りすぎていく。歩道では、男も女も生き残りを争うように、とてつもない速さで歩いている。ぼろをまとった人などいない。物乞いする人もいない。誰も他人には注意を払わない。それにたくさんの店がある。広々としたガラス張りの陳列台には、そんなものがあることさえ知らなかった商品があふれかえっている。それを見ていると、めまいがする。自分の育った村のことを思うと、いつか見た夢を思い返しているようで、しかもそれがはたして夢なのか、失われた現実なのか、それさえわからなくなってくる。

村には一本の通りしかなかった。たった一本だけ。路面は踏み固められた土だった。叩きつけるような激しい雨が降ると、通りは早瀬のようになり、裸の子供たちが笑いながら、流れの中を駆け回っていた。乾季には、豚が土ぼこりの中に寝転び、犬たちが吠えながら追いかけあっていた。村人はみな知り合いで、すれ違えば必ず挨拶を交わした。全部で十二の家族があり、どの家族も他の家族の来歴を知っていて、祖父母の名前、曾祖父母の名前、従兄弟の名前を言うことができたし、どの家にどれくらいの財産があるかも、お互いに知っていた。村はつまるところ、ひとつの大きな家族であり、村人は杭の上に建てられた家に分かれて住み、その床の下では鶏や家鴨が土をほじくり、けたたましい声で鳴いていた。老人は気づく。心の中で村について語っているとき、過去形で語っていることに。それが彼の胸を締めつける。本当に胸が締めつけられるような気がして、それ以上締めつけられないように、空いている手を胸のちょうど心臓のあたりに強く押しつけた。

リンさんはベンチにいて、寒くはない。村のことを考えていると、たとえそれが過去のことであっても、まだそこにいるような気がする。そこには何も残っていないことくらいわかっている、家はみんな焼かれ、破壊されたし、犬や豚や家鴨や鶏などの動物たちも、大半の人間もみんな死んでしまったし、生き延びた人々も、彼と同じように、世界の隅々に散らばってしまったことは、わかっているにもかかわらず。彼はコートの襟を立て、眠っている幼子の額を撫でる。その子の口もとからこぼれ落ちたどろどろの米を拭い取ってやる。

ふと、ベンチに座っているのは、自分たちだけではないということに気づく。ひとりの男が腰かけて、彼を見つめ、女の子を見つめている。年齢はリンさんとたぶん同じくらい、ひょっとすると少し年下かもしれない。リンさんよりも背が高く、太っていて、リンさんほど厚着はしていない。男はうっすらと笑みを浮かべる。

「冷えるね」

彼は手に息を吹きかけて、ポケットから煙草の箱を取り出し、箱の底を正確な手つきでたたくと、一本だけ飛び出させた。彼はリンさんにも煙草をすすめるが、リンさんは頭を振って断る。

「いや、ごもっとも」と男は言う。「ほんとはやめたほうがいいんだけどね……。でも、そんなこと言ってたら、やめたほうがいいものばかりだよ！」

彼は、ごく自然なゆったりとした手つきで煙草を口にくわえる。そして火をつけると、最初の一服を深々と吸いこみ、目を閉じる。

「それに、やっぱりうまいし……」と、しばらくしてからつぶやく。

老人には、横に座ったばかりの男が言っていることはさっぱりわからない。とりあえず、その言葉に敵意がないことだけは感じる。

「ここにはよく来ますか？」と男はまた口を開く。でも、返事を期待しているふうでもない。一服一服味わうように、煙草の煙を吸いこんでいる。そして、リンさんのほうをろくに見もしないで、話を続ける。

「わたしは、だいたい毎日来てる。そんなにきれいなところじゃないけれど、ここが気に入ってる、思い出がよみがえってくるもんでね」

彼はそこで口を閉じると、老人の膝の上の子に目をやってから、何枚も重ね着して着膨れている老人を見つめ、そしてまた子供の顔に視線を戻す。

「かわいい人形をお連れだね。名前は?」彼は仕草を交えてしゃべる。子供を指さし、あごをしゃくって見せるから、リンさんにも、質問しているということがわかる。

「サン・ディウ」と彼は言う。

「サン・デューか……」(フランス語で「神なし」の意)男は、この奇妙な名前を繰り返す。

「わたしはバルク、で、あなたは?」と言って、彼は手を差し出す。

「タオ・ライ」とリンさんは言う。国の言葉で、挨拶のときの決まり文句だ。そして、隣に座った男の手を両手で握りしめる。節くれ立ち、深い皺の刻みこまれた傷だらけのごつい指をした巨大な手だ。

「ま、ともかく、こんにちは、タオ・ライさん」と男は言い、笑みを浮かべる。

「タオ・ライ」と老人はまた同じ言葉を繰り返し、二人は長々と握手を交わす。

太陽が雲間から顔を出す。それでも空は灰色のままだが、気が遠くなるほど上空では、ところどころ白い穴が空いている。バルクさんの煙は、その空に溶けこもうとしているようだ。口から出ると、たちまち上に昇っていく。ときには鼻から煙を吹きだす。リンさんはそれを見て、水牛の鼻を思い出す。あるいはまた、野生の動物を追い払うために、夕方、森に放つ火、夜っぴて何時間もゆっくりと燃えつづける野火を思い出す。

「家内が死んだものでね」とバルクさんは言い、歩道に捨てた吸殻を靴の踵で踏みつぶす。「かれこれ二ヵ月だ。二ヵ月は長いようで、あっという間ですよ。時間の長さというものが、よくわからなくなってしまった。二ヵ月、二ヵ月は八週間、つまり五十六日、そんなふうに言ってみたところで、わたしにはもうなんの意味もないんですよ」

彼はまた煙草の箱を取り出し、一本老人にすすめるが、やはり老人は笑みを浮かべつつも断るので、それを自分の口にくわえ、火をつけ、そして目を閉じ、最初の一服を吸いこむ。

「家内は向かいの公園で働いていたんですよ。回転木馬の係だった。あなたも見たことがあると思うけど、ニスを塗った木製の小さな馬が並んでいる旧式の回転木馬、最近はほとんど見かけなくなったけどね」

バルクさんはそこで口を閉ざす。黙って煙草を吸う。リンさんは、また声が出てくるのを待っている。さっきから自分の隣に座っているこの男の話す言葉の意味はわからないけれど、その声を聞くのが好きだということに気づいた。その深い声、低く力強い声。おそらくこの声を聞くのが好きなのは、そもそも発せられる言葉の意味がわからないからだろう、だから傷つけられる心配がなく、聞きたくないことを言われることも、つらい質問をされることも、無理やり過去から引きずり出され、血まみれの遺体のように放り出されるという心配もないからだろう。彼は膝の上の幼子を抱きしめながら、隣の男を見つめる。

「あなたにも奥さんがいるだろうから、あるいはいただろうから、いや、なにも立ち入ったことを言うつもりはないんだけど」とバルクさんは続ける。「ただ、わかってもらえるはずだと思ってね。わたしはいつもこのベンチで家内を待っていたんですよ。回転木馬は、冬は五時に、夏は七時に終わる。家内が公園から出てくるのを、通りの反対側から、いつも見ていたんですよ。向こうが手を振る。するとこっちも手を振る。でも、こんな話、退屈だね、申し訳ない……」

バルクさんは最後にそう言いながら、リンさんの肩に手を置いた。老人は、何枚も重なっている衣服の布地を通して、肩をつかんだまま離そうとしない分厚い手を感じている。あえて身動きしないでいると、ふと、ある考えが刃のように頭に閃いた。もし、この男が、宿舎の女たちが言うような、子供を狙う人さらいだとしたら？　戦慄が走る。幼子をしっかりと抱きしめる。不安がその顔に出てしまったらしく、バルクさんは、これはまずいことになったと思った。彼は気まずそうに肩から手を離した。

「ああ、申し訳ない、こっちばかり一方的に話してしまって、なにしろこのところあまり人と話をしていないものだから……。そろそろ引き上げますよ」

と言って、彼は立ち上がる。高鳴っていたリンさんの鼓動もすぐにおさまり、安心する。笑みがその顔に戻り、女の子の体を抱きしめていた力もゆるむ。悲しげであると同時に温かみのある男の顔を見て、悪い感情を抱いてしまったことを申し訳なく思う。バルクさんは帽子を持ち上げた。

「さようなら、タオ・ライさん、わたしの言ったことを悪く思わないでくださいよ……。

では、そのうちまたいつか！」

リンさんは三度頭を下げ、バルクさんの差し出す手を握る。そして、バルクさんが群衆にまぎれて見えなくなるまで、その後姿を見つめている。叫び声も衝突もない静かな群衆は、大きな海蛇のように、しなやかにくねっていく。

翌日、老人は同じ時刻に宿舎を出た。前日と同じ服装。女の子にも同じ服を着せた。宿舎の女や子供たちに、またからかわれる。男たちのほうは、目さえ上げない。遊びに夢中で、そんな暇がないのだ。

男たちはときどき言い争う。互いにインチキを責め合っている。声が高くなる。点数棒や牌が飛び交う。やがて急に騒ぎは収まる。煙草の煙が宿舎に灰色の雲のように充満し、きつい臭いが鼻をつく。

朝は、三人の妻が子供連れで外出するので、宿舎は静かだ。子供たちは街に心奪われはじめている。リンさんには理解できない言葉を宿舎に持ちこみ、大声で騒ぎ立てる。女たちは難民事務所からもらってきた食料を腕一杯に抱えて帰ってくると、食事の支度に取りかかる。リンさんの分も作ってくれる。それがしきたりなのだ。リンさんは最年長だ。老人だ。女たちには老人を養う義務がある。彼はそれを知っている。彼女たちが善意や愛情からそうしているわけではないことくらい、よくわかっている。そもそも、彼の分のお碗を持ってくるときの仏頂面《ぶっちょうづら》を見れば、勘違いするわけがない。目の前にお碗を置くと、何も言わずに背を向け、そのまま立ち去っていくのだから。彼が頭を下げて感謝の気持ちを表しても、見向きもしない。

腹はまったくへらない。ひとりなら、食べないだろう。そもそも、ひとりなら、自分の国でもないこの国にいることさえなかっただろう。故国に残っていただろう。廃墟の村を離れることもなかっただろう。村とともに死んでいただろう。でも、子供がいた。幼い女の子がいた。だから無理してでも食べる。たとえその食事が口に入れると厚紙のような味しかせず、飲みこむと吐き気をもよおすにしても。

リンさんは慎重に歩道を歩く。幼子は彼にぴたりとくっついたまま身動きしない。いつも静かだ。朝のように静かだ、村や田圃や森を闇のマントですっぽりと覆っていた夜を徐々に追い払っていく、起きがけの朝のように。

老人はとぼとぼと進んでいく。前日と同じように冷えこんでいるが、厚着のおかげで寒くない。目と口と鼻先だけが、刺すような空気にしびれている。あいかわらず群集の数は多い。この人たちはいったいどこに行くのだろう？　リンさんはまともに見ることさえできない。地面に目を落としたままだ。ときどき目を上げると、顔が、顔の海が自分のほうに押し寄せてきては、かすめるように通り抜けていくのが見えるだけ、でも、彼に注意を向ける顔はひとつもない。ましてや、彼の腕に抱かれている子供に注意を払う顔はない。

こんなにたくさんの男や女を、リンさんはそれまで見たことがない。もちろん、地元の小さな町の市場にはときどき行ったが、それでもみんな顔見知りだった。自分たちの作物を売り買いしに来る農民は、山の中腹の、田圃と森のあいだに散らばっている彼の村と同じような村に住んでいた。山の頂上は、たいてい霧がかかっていて、めったに見ることができなかった。遠縁、近縁、結婚や従兄弟などのつながりによって、彼らは互いに縁戚関係にあった。市場では話に花が咲いた。笑い声もあがった。近況を語り合い、死者のことを、よもやま話を語らうのだった。小さな屋台の腰掛に座り、昼顔のスープや餅菓子を食べることもできた。男たちの話題はもっぱら狩りや農作業のことだった。若者に見つめられた娘たちは急に顔を赤らめ、目をきょろきょろさせながら、耳打ちしあった。

そんなことを思い出しているうちに、リンさんはぼうっとなっていた。そこに鈍い衝撃がやってきて、あやうく転びそうになった。足もとがよろめく。子供が！　子供が！　彼は力いっぱい小さなサン・ディウを抱きしめる。徐々にバランスを取り戻す。老いた心臓が胸を激しく叩く。胸が破れそうだ。リンさんは目を上げる。太った女が自分に声をかけている。むしろ、叫んでいる。リンさんより、はるかに大きい。険悪な顔をしている。頭を振り、眉をしかめている。群集は通りすぎてゆく。彼女が声を荒らげて語っていることなど、気に留めない。群集は通りすぎる、目も見えず、耳も聞こえない群れのように。

リンさんは、自分が謝っていることをわかってもらおうと、太った女の前で何度も頭を下げる。女はぶつぶつつぶやき、肩をすくめて立ち去る。老人は自分の心臓が逆上しているのを感じる。喚きたてる動物をなだめるように、彼は自分の心臓に向かって語りかける。落ち着かせようとする。どうやら心臓は理解したようだ。彼もほっとする。雷や嵐におびえて吠えたてた犬が、家の敷居の前でまたごろりと横になるようなものだ。

　リンさんは女の子を見つめる。目を覚ましてはいない。何も気づいていない。女にぶつかった拍子に、頭にかぶっている縁なし帽とフードがずれただけだ。老人は服の乱れを直す。子供の額を撫でてやる。歌を耳もとで歌ってやる。たとえ眠っていても、聞いているのがわかる。それはとても古い歌だ。リンさんが自分のおばあさんから聞いた歌で、おばあさんもそのおばあさんから聞いた歌だ。大昔にさかのぼる歌、村に女の子が生まれると女たちが歌ってやる歌、村ができてからずっと受け継がれてきた歌だ。

いつでも朝はある
いつでも朝日は戻ってくる
いつでも明日はある

いつかはおまえも母になる

リンさんの、薄くてひび割れた老いた唇から歌詞がこぼれる。その歌詞は、彼の乾いた唇と魂を癒す軟膏だ。歌の言葉は、時間や場所や年齢をものともしない。そのおかげで、やすやすと生まれた場所へ戻っていくことができる。あの陽を通す竹の小屋へと、煮炊きする火の匂いが立ちこめ、雨が降れば、葉で葺いた屋根の上を透明な毛並みのように水が流れる、あの小屋へと戻っていくことができるのだ。

歌のおかげで、老人は気を取り直す。寒さを忘れ、うっかりぶつかった太ったご婦人のことも忘れる。彼は歩く。小刻みな足取りで。地面を滑るようにして。こうして同じ家並みの区画をすでに二周しているので、疲労が勝ってくるのを感じる。冷たい空気が喉の奥に入りこみ、焼けつくような痛みを感じるが、それがそんなに不快ではないことにふと気づく。

それどころか、息を吸いこんでも、思い当たるものが何もない。この国はまったくもって、匂いがしない、親しめるもの、心なごませるものが何もない。それでいて、海が遠いわけではない。リンさんはそれを知っている。彼が乗ってきた船の姿、巨大なクレーンが貨物船の重い腹を食いちぎるようにして、その嘴をつっこんでいる港の光景を、今も思い浮かべる。それなのに、息を吸い、目を閉じ、さらにまた息を吸っても、海の匂いはしない。あの暑気と塩と干し魚の入り混じった匂い、彼が唯一知っている海の匂い、村から二日もかけ、なかば発狂した年寄りのおばを捜して沿岸にまでたどり着いた日の、あの海の匂いはどこにもない。リンさんはあのおばのことを思い出して、ほほえむ。あの歯の抜け落ちた口、あの陽に焼けた目、人生の外れに立って海を見つめていたあの女は、親に向かって話しかけるように、海に向かって語りかけていた。「ほうら、やっぱり、やっと見つけたよ、だから言ったじゃないか、いまさら隠れたって無駄だって！」

おばが村から姿を消したのは、一週間前のことだった。昼も夜も田圃をさまよっていたのだ。田圃でそのまま眠ったので、髪が泥だらけになっていた。衣服は道端の茨で擦り切れていた。その姿はいかにも消耗し老いた狂女と呼ぶにふさわしく、海に向かって語りかけたりするものだから、彼はその手を引いて、村まで連れ戻さなければならず、その道すがらずっと、彼女は呪いや誓いの言葉を唱え、農婦に出会えば妖精だと思い、天秤を担ぐ腰の曲がった農夫を見れば鬼だと思うのだった。

そのころのリンさんには、まだ体力があった。帰り道はほとんど、おばを背負いどおしだった。全身、筋肉の塊だった。腕っ節が強く、牛の角をつかんで立ち止まらせることもできた。足腰も強く、村祭の力比べでは、ぐいと足を踏ん張って腰を一振りするだけで、相手はたちまちひっくり返った。それは昔のことだ。サン・ディウはもちろん、まだ生まれていない。彼の息子、サン・ディウの父親もまだ生まれていない。リンさんはまだ若く、嫁ももらっていなかったから、道を歩けば娘たちは振り返り、春の小鳥のようにさえずったものだった。

今ではもう、リンさんはすっかり老けこみ、疲れている。見知らぬ国が消耗させる。死が消耗させる。飢えた子山羊が母親の乳をむさぼるように、死がリンさんをむさぼったあげく、もう何も出なくなって、ただ横たわるしかなくなったようなものだ。死がすべてを奪い取ったのだ。もう何も残っていない。今はもうなくなった村から何千キロも遠く離れ、墓から数歩のところに見捨てられた数々の死体から何千キロも離れてしまった。美しく、心地よかった人生から何千日も遠ざかってしまった。

リンさんは、そうとは気づかずに、公園の向かいのベンチに手を置いた。前日休んだベンチだ。あの少し太った男が愛想よくほほえんで語りかけ、肩に手をかけてきたベンチ。そこに腰かけるなり、あの男の記憶が、煙草をむさぼり食らっているようなあの口もとが、真面目なようで陽気なあの目が、リンさんには理解できない言葉を発する声の抑揚がよみがえり、そして彼がリンさんの肩に置いたあの手の重みも、思わず震え上がり、そんな反応をして後悔したことも、同時に思い出した。

そうだ、たしかにここだった、とリンさんは思い、ベンチに腰かけてから、自分の膝に幼子をのせた。女の子は目を開ける。祖父はほほえむ。「わたしはおまえのおじいさんだよ」とリンさんは語りかける。「わたしたちは二人一緒、二人っきり、最後に残った二人なんだよ。でも、わたしがそばにいるから、怖がることはない、何も心配はいらない、わたしは年寄りだけれど、必要とあらばまだ力は出せるだろう、おまえがまだ小さな緑のマンゴーでいるかぎり、古いマンゴーの木が必要なんだよ」

老人はサン・ディウの目を見つめる。それは自分の息子の目、息子の妻の目、そして息子の母の目、愛する妻の目だ。その顔は、精妙に描写され、美しい色合いで際立つ絵画のように、今も彼の心にありありと残っている。ほら、彼の心臓が往時の妻の思い出にまた強く脈打ちはじめる。彼がまだ若く、息子はまだ三歳にもならず、豚の世話をすることも、稲藁をなうこともできなかったころの、遠い面影なのに。

妻の目はとても大きく、色はほとんど黒に近い茶色、棕櫚の葉のように長い睫に縁取られ、髪は絹のように艶やかで細く、泉で洗ってからすぐに編んでいた。田圃のあいだを抜ける両手を合わせたほどの幅しかない畦道を、揚げ物を盛った器を頭にのせて歩いていくと、泥水の下の土を掘り返している青年たちが、その肉体を見てうっとりしたものだった。彼女は無邪気に誰にでも笑いかけたが、妻にしたのはあくまでもリンさんであり、かわいい赤ん坊をもうけた相手もリンさんだった。でも、間もなく彼女は質の悪い熱病で死んだ。たぶん、かつてリンさんに焦がれた嫉妬深い石女《うまずめ》にかけられた呪いのせいだろう。

老人はそんなことをあれこれ思い出している。わずか二日のあいだに、小さな馴染みの場所となったこのベンチ、渦を巻く得体の知れない大きな流れにもまれながら、かろうじてしがみつく木の端切れのようなベンチに腰かけて。そして、最後に残った一本の小枝を抱き寄せて温めてやれば、幼子は今のところは不安も憂いも悲しみもなく、愛する肌のぬくもりとそのほんのりとした粘り、そして磁力を帯びた声の愛撫を感じて幸せそうに、満腹した乳飲み子の眠りを眠っている。

「こんにちは、タオ・ライさん！」

リンさんはびくりと跳ね起きる。自分の横に、前日話しかけてきた太った男が立っている。ほほえみかけている。

「バルク、バルクですよ、憶えているでしょ？」と言って、男は親しみをこめた挨拶のしるしとして、手を差し出す。

リンさんは笑みを浮かべると、女の子がちゃんと膝の上にのっていることを確かめながら、両手を相手の手のほうに差し出し、「タオ・ライ！」と答える。

「もちろん、憶えているよ」と男は言う。「タオ・ライ、それがあなたの名前。わたしはバルク、すでに名乗ったけれど」

　リンさんはほほえむ。この男にまた会えるとは思っていなかった。だからうれしい。森で迷い、来る日も来る日もまったく見覚えのないところを歩き回ったあげく、ようやく心当たりのある道に出たようなものだ。リンさんが、座ってもいいということを相手に伝えるために場所を少し空けると、男はそれを察して、腰かける。すぐにポケットから煙草を取り出すと、リンさんに一本すすめる。

「あいかわらず吸わない？　そのほうがいいに決まってるけど……」

　そう言うと、男は一本口にくわえる。ぶ厚い、疲れた唇だ。リンさんは思う、疲れた唇なんて意味をなさないけれど、実際そうなのだ。男の唇は疲れている、しつこく粘りつく悲しみに疲れているように見える。

　バルクさんが煙草に火をつけると、冷たい空気の中でパチパチ音を立てる。目を閉じて、最初の煙を吸いこみ、笑みを浮かべると、リンさんが膝の上で抱いている女の子を見た。見つめてから、さらにほほえみ、なおいっそう愛想よくほほえむ。そして、同意を示すようにうなずく。リンさんは急に誇らしげな気持ちになる。彼にぴたりと寄り添って休んでいる女の子を誇らしく思う。バルクさんがもっとよく見えるように女の子を少し持ち上げてから、ほほえみ返す。

「ほら、みんな走っている！」と、バルクさんは突然群集を指さして言う。煙草から立ち上る気まぐれな煙が顔にからみつき、彼は目を細める。

「あんなに急いで、行き着く先は……。そう、行き着き先は知れている！　いつかは誰もが行くところさ！　あんなふうな姿を見ると、ついそう思ってしまう……」

そう言って、吸いさしを落とすと、赤い先端から火花が散って、あっというまに消える。それから踵で入念に吸殻を踏みつぶす。あとには黒ずんだ灰の跡と煙草の細かい屑と紙だけが残り、たちまち地面の湿気を吸いこんで、最後のあがきのようにわずかに動く。

「ほとんどみんな同じ方向に向かっているのに気づきましたか？」とバルクさんは話を続けながら、早くももう一本煙草を唇のあいだに滑りこませ、ライターで火をつける。かろうじて煙草の先を燃やせる程度のか細い炎が揺れる。

リンさんはまたこの見知らぬ男の声に揺られている。昨日よりはいくらか親しくなったとはいえ、やはり見知らぬ男、話しかけられても、言っていることは一言もわからない。ときおり、わずかな煙草の煙が老人の鼻にまで届くと、思わずその煙を吸いこみ、できるだけ奥深くまで吸いこもうとする。煙草の煙が心地いいというわけではなく、とくに宿舎の男たちが吸う煙草はぞっとするほどひどい匂いがするのだが、この煙草は違う、いい匂いがする、香りと言ってもいい、この未知の国が初めて与えてくれる香り、この香りは村の男たちが夕方、疲れを知らない子供たちは通りで遊び、女たちは歌いながら竹を編んでいるかたわらで、家の縁に腰かけて吸うパイプの香りを思い出させるのだ。

バルクさんの太い指の先端は、たて続けに何本も吸う煙草を挟むせいで、オレンジ色がかった黄色に染まっている。彼は通りの向こう側の公園に目をやる。たくさんの子供を引き連れた母親たちが中に入っていく。いくつかの池があり、木立があり、その向こうに檻のようなものが見える。おそらく大きな動物を、おそらくリンさんの国にいる動物を入れるための檻だろう。それを見ているうちに、ふと、それは自分の宿命ではないか、鉄格子も守衛もいない巨大な檻の中にいて、けっしてそこから出られないのだと彼は思う。

公園の入口にじっと視線を注いでいるリンさんを見て、バルクさんは、そっちを指さす。

「あそこは別世界なんですよ、誰ももう走らなくなる。走っているのは子供たちだけ、でも、彼らだって同じじゃない、笑いながら走っているでしょ。まったく別人ですよ。回転木馬の上の笑顔を見ればわかります！　わたしの妻の木馬に乗ってる子供たちのね！すばらしい笑顔でしたよ！　でも、考えてみれば、回転木馬なんて、ただくるくる回るだけの円盤でしかないのに、どうして子供たちはあんなに喜ぶのか……。わたしはね、それを見るたびに感動したもんですよ、家内が回転木馬を操作するところを見て、彼女の仕事は子供たちに喜びを与えることなんだとわかってね」

バルクさんがしゃべっているあいだ、リンさんは、まるですべてを理解し、言葉の意味を取り落とすまいとしているかのように、とても注意深く相手の話に耳を傾け、その顔を見つめている。老人が感じているのは、バルクさんの声の調子に悲しみが表れ、深いせつなさと言うか、一種の傷口のようなものが強調され、樹木に外からは見えない樹液が通っているように、言葉や言語を超えた何かがその声に宿っていることだった。

そして突然、深く考えもせず、われながら自分の行動に驚きつつ、リンさんは、ちょうどバルクさんが前日そうしたように、左手をバルクさんの肩に置きながら、同時に彼の顔を見つめてほほえみかけた。相手もほほえみ返す。

「まあ、話すこと、話すこと……。おしゃべりにもほどがあるってね？　我慢して聞いてくれて、ありがとう。話をすると気が晴れるんですよ。家内とはずいぶん話をしたから……」

彼はしばらく黙ったままでいる。その間、吸いさしを落とし、やはり昨日と同じように入念に踏みつぶし、また別の一本を取り出し、火をつけ、目を閉じて、最初の一服を味わう。

「もうじき引退だったんですよ。あと一年でね。でも、こんなふうに木馬をほったらかしにして辞めるつもりはまったくなかった。あとを引き継いでくれる人を見つけるつもりだったんですよ、誰かいい人をね。彼女は真面目だったから、誰だっていいというわけにはいかなかった。木馬は彼女の子供みたいなものだったんですよ、とうとう子供が授からなかったから……」

太った男の目にきらりと光るものが見えた。たぶん寒さのせいか、煙草の煙のせいだろうと、リンさんは思う。

「ここに残るつもりはなかったんですよ、この街がどうしても好きになれなくてね、あなたは気に入っているかどうか知らないけど、わたしたちはとても耐えられなかった。だから、どこか奥まったところに小さな家を見つけて、そこで暮らそうと思ってた。どこか小さな村、どこだっていいんですよ、野原のど真ん中でも、森の付近でも、川辺でも、とにかく、誰もが顔見知りで、会えば必ず挨拶を交わしているような小さな村がまだどこかにあるならね。この街みたいでないところであればね。それがわたしたちの夢だった……。おや、もう帰るんですか?」

リンさんは立ち上がっていた。時間も遅くなり、女の子に食べさせるものをポケットに入れてこなかったことに気づいたのだ。目を覚ます前に帰らなくてはならない。お腹がすいて泣き出す前に。この子はけっして泣かない、でも、それもそのはず、老人はいつもそうあってほしいと願っているのだから。自分が世話をしつづけられるかぎり、自分がそばにいるかぎり、この子がしてほしいことをすべて先取りし、この子の不安をすべて取り除いてやれるかぎり、この子にはけっして泣いてほしくないと願っているのだから。

バルクさんは驚きと悲しみの目を彼に向ける。リンさんも、相手が驚き、おそらくがっかりしていることを察しているので、眠っている子供のほうに顔を振り向ける。

「神なし《サン・デュー》……」バルクさんは笑みを浮かべて言う。リンさんもうなずく。

「それじゃ、さようなら、タオ・ライさん！　また今度！」

老人が三度頭を下げて、バルクさんに挨拶すると、バルクさんは、リンさんが女の子を抱いているために手がふさがっているので、精一杯心をこめて、老人の肩に手を置いた。

リンさんは、ほほえむ。彼が望んでいたのはそれだけだった。

宿舎に帰ると、波止場の女が来ていて、若い通訳の娘と一緒に彼を待っていた。老人がなかなか帰ってこないので、二人は心配していた。若い娘がそう言うので、リンさんは散歩のことを説明する。ベンチのことも、そのベンチで太った男と一緒だったことも話す。二人はそれで安心する。波止場の女は、何も問題はないか、足りないものはないかと通訳させる。リンさんは、何もないと答えかけたが、考え直して、煙草はもらえるかと通訳の娘にきいた。そう、できたら煙草がほしいのだ。「おじさんが煙草を吸うなんて、知らなかったわ」と娘は言う。それから通訳する。波止場の女は、老人にほほえみながら、聞いている。一日に煙草一箱もらえることになった。

二人が出て行こうとしたとたん、波止場の女は通訳の娘と長々と話をしはじめた。娘はときどきうなずいている。そしてリンさんのほうに顔を向け、こう言った。「おじさん、この宿舎にいつまでもいるわけにはいかないんですよ。ここは仮住まいです。難民事務所がもうじき、ひとりひとりの事情を調査しに来ます。いろいろ質問する人やお医者さんとも会うことになります。心配しないで、わたしも一緒に来ますから。それから最終判断が下されて、おじさんがもっと安心して暮らせるところに移ることになります。何もかもうまくいきますよ」

リンさんは娘の話を聞き入れた。何を言えばいいのかわからないから、何も言わない。あえて何も言わない。宿舎にはほかの家族もいるが、けっこう住み心地がいいし、この子も慣れてきて、ここが気に入っているようだとは、あえて口にしない。その代わり、たったひとつだけ質問することにした。この国の言葉で、〝こんにちは〟とはどう言うのか。通訳の娘はその言葉を教えてくれた。彼はそれを記憶に刻みつけるために、何度も繰り返す。目を閉じて、精神を集中させる。目を開けると、二人の女が笑みを浮かべて、彼を見ていた。リンさんは娘に、どの地方の生まれかと尋ねてみる。「わたしはここで生まれたのよ」と彼女は答える。「両親はおじさんと同じように船でここにやってきたのだけれど、そのときわたしは母親のお腹の中にいたの」

老人は、まるで奇跡の話でも聞いたように、口をあんぐりと開けている。ここで生まれることなど、彼にとっては意味をなさない。さらに娘に下の名前をきいてみる。「サラ」と彼女は答える。リンさんは眉をしかめる。そういう名は聞いたことがない。「で、その名はどういう意味だ?」彼はさらに問いかける。

「サラはサラよ、おじさん、それだけ。ほかに意味なんてないわ」老人は首を振る。名前に意味がないなんて、まったくおかしな国だと思う。

二人の女は戸口に向かう。老人に手を差し出す。リンさんはその手を握り、自分にぴたりとくっついて眠っている幼子を抱いたまま、頭を下げる。そろそろ食事をやらなくては。彼は自分にあてがわれた宿舎の片隅に向かう。サン・ディウをマットレスに寝かせる。服を脱がせる。すると彼女は目を開ける。老人は歌を口ずさむ。それから軽い服に着がえさせてやる。国で着ていた綿のシャツ。すっかり色が落ちている。リンさんは毎朝そのシャツを洗い、暖房機のそばに広げておく。夕方には乾く。

老人は何枚も重ね着している服を脱ぐ。脱いだ服を一枚一枚畳む。ただし、大きなコートは、夜、幼い子が風邪をひくのを心配して、毛布代わりに使っているから畳まない。

そこから十メートルほど離れたところで、二家族が車座になって食事をしている。子供たちのほとんどは彼に背を向けている。女たちもそうだ。二人の男はときどきちらりと彼のほうに目を向けるが、また食事に戻って、がつがつ食べている。舌の音、箸の音、ものを嚙む音しか聞こえない。リンさんにも、ご飯を盛った碗、麵のスープ、魚の切り身が配られる。彼はありがとうと言って、二度お辞儀をする。そんなことをしても、誰も彼に注意を払わない。

口の中で米を嚙み、あまり粘つかない程度の粥状にしてから、赤ん坊に与える。スープはスプーンに掬い、やわらかい唇が火傷しないように長いこと息を吹きかけて冷ましてから飲ませてやる。魚も少々、細かく嚙み砕いてから、口の中に滑らせてやるが、この子はすぐに満腹するらしく、飲みこもうとしない。もう眠いんだな、とリンさんは思う。ずっと以前に妻が息子に同じようなことをしていたことを思い出すが、その息子も死んでしまった。彼は妻のそのやさしい仕草を思い出し、その思い出の中から、サン・ディウの世話をするための知恵や言葉を汲み出しているのだった。

二人の男はまた麻雀をはじめた。小さなグラスに米の酒を注ぎ、一気に飲み干す。女たちは碗を洗い、皿を、鍋を洗う。子供たちはくだらないことで言い争っている。年少の子供たちはあくびをし、目をこすっている。

リンさんはマットレスに横たわる。やせ細った腕で幼子を包みこむと、目を閉じ、眠りの中でまた一緒になる。

翌日は晴れた。太陽の白い光が空に食いこんでいる。その分だけ寒い。リンさんは、ありったけの服を着こんで歩道を歩いている。もちろん子供を抱いて。コートのポケットには、今朝もらった煙草が入っている。宿舎の女たちが、いつものように難民事務所に食料を受け取りに行ったついでに持ってきてくれたのだ。「おじさんのものらしいよ」と女は言い、肩をすくめて煙草を差し出した。徹夜のゲーム疲れを取るためにマットレスで休んでいた男たちは、小声で何か言ったが、すぐに口をつぐんだ。

ポケットに入れた煙草の箱が小さな瘤のように膨らんでいるのを、老人は歩きながら感じている。この小さな瘤を感じるだけで、思わず頰がゆるむ。煙草を差し出したときの太った男の顔を思い浮かべているのだ。

リンさんは同じ区画を何度もくるくる回ったりはしない。まっすぐベンチに向かい、座る。こんなに晴れた日に、このベンチに座って、人を待つのは気持ちがいい。群集の足取りもいつもと違う。あいかわらず人の数は多いが、それほど急いで歩いてはいない。小さなグループごとに分かれていて、リンさんの目には上等な服を着ているように見える。話がはずみ、たくさんの人が笑ったり、くつろいだ顔をしている。一緒に歩いている子供たちは、ときおりベンチに座っている老人を指さして笑ったりする。すると親は子供の手を引いて、さっさと通りすぎようとする。なかには、おそらく老人の膝の上の赤ん坊をもっと間近で見ようとして近づいてくる子もいるが、そのときも親は子供の腕をつかんで引き戻そうとする。

「子供たちを怖がらせているのかな?」とリンさんは思う。そこでわが身を振り返ると、マフラーと帽子とコートとセーターで着膨れし、異様な形になった毛糸の大きな塊にしか見えない。

「なるほど怖がるのも無理はない、きっと子供たちは老人に変装した悪霊だと思っているのだろう」そう思うとリンさんは楽しくなった。

目の前の、通りの向こう側では、何百という家族が次から次へと公園の入口に詰めかけ、一方でそこから出てくる家族もある。その雑多な色の騒がしい二つの流れが互いに入り混じっては、ときおり大きな渦を巻いている。それは、雨季になると、故郷の村からそれほど遠くないところを流れる〝苦しみの川〟に生じる渦に似ている。

その川の名前は、そこで子供たちに水浴びさせようとして、いっぺんに七人の子供を失った母親の伝説から来ている。それ以来、川の土手に座って耳を傾けると、子供を失った悲しみから癒えずに、ついに自分も入水した女が川から上がってきて泣いている声が聞こえる夜もあると言われている。

しかしそれは、子供たちを怖がらせて川で溺れないように用心させるために、夜、火にあたりながら語り聞かせる伝説にすぎず、実際は魚のたくさんいる美しい清流で、水浴びするととても気持ちのいい川なのだ。淡水の海老や小さな蟹を獲っては、焚き火であぶって食べる。男たちはそこで水牛に水を飲ませる。女たちはそこで衣類も洗えば、長い髪も洗う。それが水に浮かんで揺れる様は、絹のように艶やかな黒い水草に見える。竹を浸して、蒸し煮に使うこともある。川は、水面に映る樹木の色に染まり、木の根は川底にまで伸びて涼を汲む。緑や黄色の鳥たちが水面をかすめる。まるで光の矢のようにすばやく、夢と見まがうほどだ。

リンさんは閉じていた目を開ける。いつかこういうことのすべてをサン・ディウに語ってやらねばと思う。川のこと、村のこと、森のこと、父親の力強さ、母親のほほえみを伝えてやらねば。

老人はまた公園の入口に目をやる。できれば、そこにあるすばらしいものを見てみたいと思う。あんなに急いで家族が駆けこんでいくのだから。でも、それは通りの向こう側にある。しかもその通りは広大で、車がひっきりなしに、クラクションを鳴らしたり、灰色や青の煙を吐きながら、とてつもない速さで行き交っているのだ。

時間がたつ。リンさんはそれを、自分の靴と三枚重ねてはいている靴下を通して、足にまで達する寒さで計っている。時は過ぎるが、いつまでたってもベンチには彼ひとりだけ。太った男は来ない。たぶん毎日は来ないのだろう。ひょっとしたら、もう来ないのではないか？

リンさんは、コートのポケットに入れた煙草の箱を感じている。小さな膨らみが、彼の内部で無限の悲しみのようなものを生み出しはじめている。太った男が自分の肩に置いた手の感触を思い出す。すると、自分がこの小さな子と二人だけでこの世に取り残されたような気がしてくる。二人きり。故郷は遠い。故郷はなくなったようなものだ。疲れた老人の頭にかろうじて残った思い出や夢想のかけらでしかない。

口が傾く。ずっしり重い太陽が空の彼方でゆっくりと落ちてゆくようだ。帰らなくては。太った男は来なかった。リンさんは、ポケットの中には煙草の箱を入れたまま、口の中には、ついに発せられることのなかった〝こんにちは〟を意味する言葉を収めたまま、帰路についた。

老人は寝付けない。寒さで凍りつくような気がする。衣服が奪われ、無一物となり、故郷の土を詰めた袋と色あせた写真が入っている鞄さえなくなったと思いこむ。何度も何度も寝返りを打ち、ほとんど夜が明けるころ、重い眠りがようやく彼を暗い底なしの井戸へと引きずりこんでいく。

目を覚ますと、遅い時間になっている。すぐに何かがおかしいと気づく。手を伸ばしても触れるものがない、あわてて跳ね起き、左右を見回す。サン・ディウ！　サン・ディウ！　あの子がいない、サン・ディウがベッドからいなくなっている！　リンさんの叫び声に、飯盒を囲んで野菜の皮むきをしている女たちが振り返る。夫たちはいびきをかいている。サン・ディウ！　サン・ディウ！　老人は動転して同じ言葉を繰り返す。急に立ち上がると、体の節々がきしみ、心臓がやたらに速く脈打っているのを感じる。

　突然、宿舎の反対側の隅にいる三人の年少の子供たちに気づいた。笑っている。大笑いしている。そして、その彼らと一緒にいるのは、なんとリンさんの女の子ではないか。乱暴に、無雑作に、手から手へと渡されている女の子はすっかり怯えて、ただひたすら目をぱちくりさせている。リンさんは飛び跳ねると、宿舎を横切って、子供たちのほうに突進していった。「やめなさい！　やめなさい！　それじゃ怪我をしてしまう。その子はまだ小さすぎて、おまえたちと一緒に遊ぶことはできないんだよ！」彼はサン・ディウを腕の中に抱き寄せると、やさしく撫でて落ち着かせてやる。老人は体を痙攣させている。それほど怖かったのだ。

自分のマットレスのある宿舎の片隅に戻ろうとして、女たちのそばを通りかかると、女の一人が言った。「おじさん、あの子たちは子供なんだから、遊ぶのは当たり前だろ、ほっといてやればいいじゃないか？」

リンさんは、しっかりと強く女の子を抱きしめる。何も答えない。女は忌々しそうに顔をしかめて、老人を見る。そして「老いぼれめ！」と小声でささやいた。しばらくすると、同じ女が近づくのを面倒がって、煙草の箱を投げつけた。老人はすぐにそれを拾って、自分のコートのポケットに入れた。

その日、リンさんはすぐには外出しなかった。ぐったり疲れて、いつまでもマットレスの上に寝転んでいるうちに、サン・ディウはまた眠ってしまった。二人の妻の一方が近くに置いていってくれた食事には手をつけていない。

するとにわかに宿舎に大声が響き渡り、カードで遊んでいた男たちが激しい言い争いをはじめた。立ち上がって、闘鶏のように顔を突き合わせている。一方の男がもう一方の男に向かって、いかさまをしたと言って責めている。取っ組み合いになる。三人の女たちはおろおろして見つめている。リンさんは、こんな場面をこの子に見せたくないと思う。そそくさと外出の支度をさせ、自分も着替え、毛糸のものをすべて身につけ、いざ出かけようとしたとたん、怒りで目をぎらぎらさせた二人の男の一方が、相手の鼻先にナイフを突きつけた。

外は灰色にくすんでいる。船から降りた最初の日に出迎えてくれたのと同じ、細かい氷雨が降っている。空は低く垂れこめ、街を押しつぶそうとしているように見える。リンさんは、子供の帽子をしっかりとかぶせてやった。ほとんど顔が見えなくなるほど。そして自分もコートの襟を立てる。

歩道の群集は、必死で競走しているような歩きっぷりに戻っている。そぞろ歩きの家族も、空を見上げてほほえむ男女もいない。誰もがうつむき、早足に歩いている。そういう群集に混じったリンさんは、さながら激しい流れに押し流されるがままになっている小さな枯れ木の幹に似ている。

「タオ・ライさん！　タオ・ライさん！」

まるで夢の中にいるかのように、老人の耳に、こんにちはを二度繰り返している温かいしわがれ声が聞こえる。でもすぐにわかる、その声は夢ではなく、背後から聞こえてくるのだ。それに気づいたとたん、その声の主がわかった。そこで彼は、突き飛ばされる危険を覚悟して立ち止まり、振り向くと、十メートル先に挙がっている手が見え、やがてもう一本の手も挙がり、〝こんにちは〟をまた二度繰り返す声が聞こえた。

リンさんはほほえむ。陽差しが灰色にくすむ空を切り裂いたかのようだ。三秒でバルクさんは横に並び、息切れはしているものの、満面に笑みを浮かべている。老人は目を閉じ、通訳の娘から教わった言葉を記憶の中から取り出すと、それからバルクさんを見つめながら、大きな声で言った。

「こんにちは！」

バルクさんは息を整えるのに苦労している。走りすぎたのだ。リンさんは、その吐息に煙草の匂いが混じっているのを感じる。太った男はほほえみかける。

「あなたに会えて、ほんとにうれしいよ！　でも、こんなところに立ち止まってちゃだめだ、この雨で命をとられてしまう！」

そう言うと、彼は有無を言わせず、老人を知らない方向へと引っ張っていく。リンさんはされるがままになっている。うれしいのだ。太った男が連れていくところなら、どこだってかまわない。ポケットには煙草が二箱、それを感じると、なおいっそう笑みがこぼれる。もう寒くはない。宿舎や意地悪な女たちや二人の男の喧嘩のことなど忘れてしまう。今はここにこうして歩いている。小さな女の子をしっかり抱きかかえ、自分よりも頭二つ背が高く、体重も優に倍はありそうな、ひっきりなしに煙草を吸っている男の横を歩いている。

バルクさんはカフェのドアを開け、リンさんを招き入れる。隅のほうの席を選ぶと、老人に奥の長椅子に座るようにすすめ、自分は向かいの一人掛けの椅子に座る。

「ひどい天気だ！　晴れの日が早く来てほしいもんだ！」とバルクさんは言いながら、手をこすり、新しい煙草に火をつける。いつものように何秒間か目を閉じて、最初の一服を深々と吸いこむ。子供のほうに目をやり、ほほえむ。「神なし《サン・デュー》！」と言う。リンさんはうなずき、長椅子の上の自分の横に置いた女の子を見つめる。寝かせてあるので、女の子は目をつぶっている。「サン・ディウ……」と彼は自慢そうに応じる。なぜなら、自分の息子とその妻に似ている女の子をとても美しいと思うし、その子を通じて、自分の愛した妻の肖像にまでさかのぼれるから。

「じゃ、注文してきますからね」とバルクさんは言う。「ここで待っていたって、埒が明かないから！　だいじょうぶ、まかしてください、タオ・ライさん、こんな天気だから、体があったまるものを頼まないとね！　いいですか？」

リンさんには、どうしてこの太った男が、たえず〝こんにちは〟と呼びかけるのか、わからなかったけれど、その口調がやさしく親切そうなので、感じよく聞こえる。意味はわからないけれども、質問をしているということはわかったので、いいですと言うつもりで、頭を軽く動かした。

「よーし、決まった！」バルクさんは立ち上がり、カウンターに向かう。バーテンに声をかけ、注文している。老人はその隙に急いで煙草二箱をポケットから取り出し、テーブルの上に、太った男のライターの横に置く。あちこちぶつけられて、でこぼこになった金属のライターだ。バルクさんは、そのまましばらくカウンターのところに居残っている。頼んだ飲み物が出てくるのを待っているのだ。リンさんは初めて男の後姿を見た。ややなで肩のその背は、生涯にわたって重い荷物をぶらさげた天秤棒を担いできた人のように見える。たぶん、煉瓦とか漆喰とか土を天秤棒で運ぶのが彼の仕事なのだろう、とリンさんは思う。

バルクさんの声で、彼はわれに返る。

「気をつけて、熱いのを前に置きますよ！」彼は二つのカップを持っている。湯気が立ち、レモン風味のえもいわれぬ不思議な香りが漂っている。それをテーブルの上に置くと、彼は腰かけた。スープをこぼさないよう、火傷をしないようにひどく気を遣っているものだから、バルクさんは目の前に置いてある二箱の煙草にすぐには気づかない。それが目に入ったとき、最初に思ったことは、誰かが間違えたんじゃないかということだった。彼は振り向きかけて、やめた。わかったのだ。見ると、老人がいたずらっぽい笑みを浮かべている。

バルクさんがプレゼントをもらうのは、久しぶりだった。奥さんからはいろんなものをもらった。ペンとか、ネクタイとか、ハンカチとか、財布とか。彼もまた奥さんにいろんなものをプレゼントした。バラ一輪とか、香水とか、スカーフとか、昔から決まっている記念日のような機会ではなくとも。それは二人だけの遊びのようなものだった。

彼は二つの煙草を手に取る。さりげないこの二つの煙草の箱のせいで、大きな感動で胸がいっぱいになるのを感じる。そもそも自分の好きな銘柄ではないし、メンソールの香りは口に合わないから吸わないのだけれど、そんなことはどうでもいい。彼は二つの煙草を見つめ、向かいの老人を見つめる。突然、この腕に抱きしめたいという衝動にかられる。喉の奥で言葉がもつれて出てこない。せめて声の通りをよくしてから、ただたんにこう言った。

「ありがとう……ありがとう、タオ・ライさん、こんなことする必要はないのに、でもうれしい、ものすごくうれしいよ！」

リンさんは幸福だ。太った男も幸福そうにしているのを感じるからだ。そこで、この国ではしょっちゅう、〝こんにちは〟と言うようなので、リンさんもバルクさんに、通訳の娘から教わった、〝こんにちは《ボンジュール》〟という言葉をまた口にした。するとバルクさんは答える。

「まさにそのとおり。いい日《ボン・ジュール》だな！」と言って、ごつい指先で一方の箱のセロファンをはがし、銀紙を破り、箱の底をたたいて一本抜き出し、リンさんにすすめる。リンさんが笑顔で断ると、相手もまた「やっぱり吸いませんか？」とでも言うようにほほえみ、その煙草を口にくわえて、くたびれきった愛用のライターで火をつけ、目を閉じて最初の一服を吸いこむ。

するいと、老人が進呈してくれた煙草がにわかにうまいと思う、かつて記憶にないほどうまいと思う。そう、これまで吸ったうちで、いちばんうまい。ミントの香りさえ心地いい。バルクさんは身軽になったような気がする。肺が膨らんで、空気の通りがよくなったような気がする。顔が晴れやかになる。このカフェは居心地がいい。

リンさんもまたそう思っている。ここは居心地がいい。ほとんど人がいない。客は二人きりだ。子供は寝ている。まるでベッドで寝ているようだ。何もかも申し分ない。

「さあ、飲んで、飲んで、熱いうちに飲まないと意味がない！」

バルクさんは模範を示す。カップを両手で持ち、何度も飲み物に息をかけ、口笛のような音を立てながら、一口飲みこむ。老人はその真似を試みる。カップを持ち、息を吹きかけ、音を立てて飲んだはいいけれど、急に咳きこむ。

「ああ、このスープは刺激が強いから！　でも、すぐに体がぽかぽかしてくるよ！　秘密はね、まず熱々で出すこと、ぐらぐらに沸いたお湯、砂糖、レモン、それにたっぷりのアルコール。アルコールは何でもいい。とにかく、その手の中にあるやつがそう！　そんなにむずかしく考えることはない！」

リンさんは、こんな飲み物を今まで飲んだことがない。レモンの味はわかる、でも、ほかはすべて初めての味。とりわけ、長椅子の上でふわふわ揺れるようなこの奇妙な感じ、ちょっとずつ飲んでいくにつれて、腹がとろ火で焼けるような感じは今まで経験したことがない。

太った男の顔が上気している。両頬が提灯のように赤い。リンさんにもらった煙草が気に入ったようだ。それまで吸っていた煙草の火で新しい煙草に火をつけながら、次から次へと吸っている。

老人はオーバーの前を開け、レインコートのボタンも外すと、わけもなく笑う。自分の顔が火照っているのを感じる。頭が少しふらふらするような気もする。

「どう、いくらか楽になった？」とバルクさんが言う。「冬になると、家内と一緒によくここに来たもんですよ。静かでしょ。あまりやかましくない……」

そこまで言いかけて、急にむっつりした顔になる。一握りの土をかけられた燠のように、笑みが消える。ほとんど空になり、中でレモンの輪切りがしなだれているカップを回している。目に光るものが見える。頭をうなだれ、黙りこむ。新しい煙草に火をつけるのさえ忘れている。バーテンがやってきて、ようやく彼は麻痺状態から抜け出した。交代の時間が来たから、精算してくれというのだ。バルクさんはポケットから小銭を取り出し、男に与える。

リンさんは相手を見つめ、ほほえみかける。

「人生ってやつは、ときどき手に負えないもんだよね?」とバルクさんは言う。

老人は何も言わずに、あいかわらず笑みを浮かべている。そして、抑えきれない欲求にかられるように、歌を口ずさむ。

いつでも朝はある……

彼は歌を口ずさむ。国の言葉から、今にも消えそうな、ぎくしゃくとした、やや重い音楽が流れだす。

いつでも朝日は戻ってくる
いつでも明日はある……

バルクさんは歌に聞き入る。音楽が彼を包みこむ。

いつかはおまえも母になる

そこでリンさんは口をつぐむ。いったいどうしたのか？　なんのために太った男に歌を歌うのか？　なんのために相手には理解できるはずもない言葉を口ずさむのか？　彼は急に恥ずかしくなったが、バルクさんを見れば、またもや幸福そうにしているではないか。

「美しい歌だね、タオ・ライさん、とても美しい、言葉はわからないけどね。ありがとう」

老人は眠りつづけている子供に静かに手を伸ばす。自分のそばに抱き寄せると、わずかに目をあける。老人は腰を上げ、バルクさんの前で頭を下げる。

「楽しいひとときでしたね」と相手は応じる。「おかげで気持ちが晴れましたよ」

「こんにちは《ボンジュール》」とリンさんは言う。

「それじゃ、さようなら、タオ・ライさん」とバルクさんは言う。「明日も会えるといいな！」

老人は立ち上がる。二度お辞儀をする。太った男は相手の肩に手を置く。リンさんはそのまま立ち去るが、カフェの戸口に差しかかったとき、バルクさんの声が聞こえた。「それに煙草をありがとう！」見れば、二箱の煙草を高く掲げて振っている。

老人は笑みを浮かべ、頭を下げて、出ていく。

冷たい風が頬を打つ。歩くと老いた脚がほぐれていく。とても重いようにも、とても軽いようにも感じる。少し頭が痛む。口の中には奇妙な味が残っているけれど、幸福だった。太った男に会って、子供を横に寝かせたまま、ともにひとときを過ごせたのはよかった。宿舎のドアを押し開けたときには、すっかり日が暮れていた。二人の男は無言でトランプをしている。振り返りもせずに、死んだような眼《まなこ》を向けるが、気に留めもしない。とうの昔にいなくなったものと見なしているかのようだ。女たちのほうは見向きもしない。子供たちも。

リンさんは女の子の服を脱がせてやる。丁寧に体を洗ってやり、綿のシャツを着せてやる。それからご飯を少し、ミルクとつぶしたわずかのバナナを食べさせてやる。彼自身は、腹はへっていない。上着を脱ぐと、すでに眠っている子供のそばに横たわる。彼は太った男のことを思い返す。煙草を持ってきてくれたのがリンさんだと気づいたときの、不意をつかれたような笑みを思い浮かべる。目を閉じる。二人で飲んだあの熱々の、レモンの香りのする飲み物の味がよみがえる。

そして、泥のように眠った。

毎日、リンさんはバルクさんと会っている。天気が許せば、路上のベンチに腰かけて。雨が降ればカフェに入り、バルクさんは奇妙な飲み物を注文し、二人は両手でカップを包みこむようにして、それを飲む。

今では老人は起きるなり、友人に会うひとときを心待ちにしている。頭のなかで「わが友」という言葉をつぶやく。なぜなら、それは友人以外の何ものでもないから。あの太った男は友人になったのだ。その言葉はしゃべることも、理解することもできないし、使える言葉は〝こんにちは〟しかないとしても、そんなことはたいしたことではない。太った男にしても、リンさんの国の言葉で知っているのは、それと同じ意味の言葉なのだから。

バルクさんのおかげで、この見知らぬ国にも、それなりの顔があり、歩き方があり、重みがあり、疲れがあり、ほほえみがあり、香りもあることがわかった。煙草の煙の香りも同様。太った男は、そうとは知らずに、そのすべてをリンさんに与えたのだ。

　サン・ディウも二人の交友にすっかり慣れ、バルクさんの熱い吐息にも、ひび割れのたくさんある力強い手にも、たこだらけの太い指にもなじんだ。老人が疲れてきたと見ると、バルクさんが抱いてやることもある。女の子は嫌がったりしない。太った男の腕に抱かれているのを見ると、なんとも奇妙な感じがする。彼はとても大きく、とても力強いから、かえって子供は安全だろう。リンさんは安心している。こんなに強そうで太った男を襲う人さらいはまずいないだろう。

　バルクさんはあいかわらず煙草をすぱすぱ吸っている。以前よりたくさん吸っているようにさえ見える。よくもこんなに吸えるものだ。ただし、今吸っているのはメンソール味の煙草、すっかり気に入ったのだ。リンさんが煙草の箱を取り出して進呈するたびに、体がわずかに震え、腹が少しねじれるような心地よさが喉もとまでせり上がってくる。そして、老人に向かって笑みを浮かべ、ありがとうと言い、その場で封を切り、箱の底をたたいて、煙草を一本取り出す。

ときには二人して、街路を練り歩く。そう、ただ表の通りを歩くのではなく、バルクさんがリンさんを連れて、街中を案内し、ほかの街区や広場、並木道や小道、閑散とした場所から、まるで蜂が巣から出たり入ったりするように、たくさんの人々が出入りしている商店街まで、ありとあらゆる場所を見せて回るのだ。

衆目がこの奇妙な二人連れに集まる。衣服を何枚も重ね着している小柄で脆弱そうな老人と、機関車みたいに煙を吐き続けている巨漢の二人連れ、やがてサン・ディウに目が留まる。リンさんが宝物みたいにしっかり腕に抱いている、世にも不思議な女の子。

その視線が少し不躾だったり、しつこかったりすると、今度はバルクさんが眉をひそめ、顔を強ばらせて、野次馬をにらみ返す。そうすれば、野次馬は怖がるだろうと思っているのだ。リンさんはおもしろがる。気まずくなった相手は顔を伏せ、道を空けてくれる。バルクさんとリンさんは、爽快に笑う。

ある日、カフェに入って、例の飲み物を飲んでいるとき、いつものことながら少し目が回り、やがてぽかぽかしてきて、ちょっとした風邪をひいて熱が出たときのように、けだるくなったところで、リンさんはポケットから一枚の写真を取り出した。後にも先にも、写真といえば、これしか持ったことがない。友人に見せようと思って、その日の朝、わざわざ鞄の中から抜き出してきたのだ。それをバルクさんに差し出す。大切なものだということがわかる。慎重な上にも慎重に、ごつい指先でそれをつまむ。そして、じっと見つめる。

写真が歳月と日差しのせいで、すっかり色褪せ、ぼやけているので、最初は何もわからない。そのうちようやく、若い男の姿が見えてくる。宙にふわりと浮かんでいるような、木の脚の上に建てられた風変わりな家の前に立っている。その横に女がひとり、おそらく男よりは若く、とても美しい。豊かな髪を長い三つ編みにまとめている。男と女は目の前の写真屋をまっすぐに見つめている。笑みはなく、ぎこちなくかしこまっている。何かを恐れているようにも、撮影の一瞬に緊張しているようにも見える。

バルクさんが男の顔をもっと仔細に観察すると、まぎれもなく、目の前に座っているタオ・ライさんだということがわかった。まさに同じ顔、同じ目、同じ口の形、同じ額、ただし三十年、いやたぶん四十年の歳月の隔たりがある。あらためて女のほうを見ると、タオ・ライさんが妻と一緒に撮影した写真であることがわかる。おそらく自分と同じように死に別れたのだろう、一緒にいるところを見たことがないから。そこでバルクさんは、その妻の顔立ちをじっくりと見つめた。若い、とても若くて、美しい。なめらかであると同時に神秘的な美しさ。おそらく、たんになめらかだからこそ、飾り気のない、悩ましいほど単純素朴な美しさに輝いているからこそ神秘的なのだろう。

バルクさんは写真をそっと相手の前に戻してから、自分の上着の内ポケットから財布を取り出すと、彼もまた、やや左に顔を傾けてほほえんでいる妻の写真を抜き出した。

顔だけが大写しになっている。ふっくらとした丸顔、白い肌、赤い口紅を引いた唇、大きな目、ほほえんでいるためと、おそらく目に入る日差しのせいで、皺が寄っている。顔の背景は緑一色、たぶん葉むらだろう。リンさんは、その葉の様子から、何の木か探り当てようとするが、わからない。故郷には、この種の葉はないのだ。彼女は幸福そうだ。太っていて、幸せそうだ。いかにも太った男の妻らしい。老人は今までこの女性と会ったことがない。仕事が忙しいのだろう。それとも……そう、きっとそうだ、死んだのだ。自分の妻と同じように死者の国にいて、たぶん、とリンさんは思う、たぶん、その遠い国で、自分の妻と太った男の妻は、自分たちがこうして出会っているように出会っているのだ。そう考えると、心が弾む。うれしくなる。そうあってほしいと思う。

小さな女の子は長椅子で寝ている。バルクさんは、また煙草を吸っている。目がきらきらと輝いている。リンさんは歌を口ずさむ。こうして二人は、それぞれ空になったカップの横に写真を置いたまま、長いあいだじっとしている。

カフェを出ると、バルクさんはリンさんの肩に手を回し、このところ毎日そうしているように、宿舎のある建物の玄関まで送っていく。それから二人の男は、たがいに〝こんにちは〟と言いながら、長々と別れの挨拶を交わす。

宿舎での生活に変化はない。あいかわらず二組の家族が暮らしている。男たちは日中と夜の一部をカード遊びや麻雀をして過ごし、笑ったり、罵りあったり、ときには酔っ払うまで米の酒を酌んで仲直りしている。

年長の子供たちは学校に行くようになった。日ごとにこの亡命の地の言葉を覚えて、帰ってくる。それを年少の子供たちに教える。三人の女たちは食事の支度と皿洗いに追われている。いつもリンさんの床の横まで食事を運んでくれる。リンさんは頭を下げて、感謝の気持ちを示す。もう誰も彼に注意を向けないし、言葉もかけてこない。でも、彼は気にしない。ひとりぼっちではない。サン・ディウがいる。あの友人の太った男もいる。

ある日、バルクさんはリンさんを海辺に連れていった。海にお目にかかるのは、数ヵ月前にこの国にやってきて以来、初めてのことだ。太った男が案内してくれたのは、リンさんが下船したときの港ではない。クレーンや、荷を降ろしている貨物船や、待機しているトラックや、ぱっくりと口を開けた倉庫がひしめいている巨大な港ではなく、湾曲した入り江の中で海と漁船が色鮮やかな景色を描いているもっと静かなところだ。

二人の友人は少し桟橋の上を歩いて、ベンチに腰かけた。目の前には海。冬はそろそろ果てるころだ。日差しも強くなっている。空にはたくさんの鳥が旋回し、ときおり港の水に潜っては、嘴に銀色に輝く魚をくわえて飛び出てくる。漁師たちが休止している船の上で、網をつくろっている。口笛を吹いている者がいる。大声で話し、呼び合い、笑っている者もいる。とても気持ちのいい場所だ。リンさんは息を吸う。目を閉じて、深々と吸いこむ。やっぱり、間違ってはいなかった。ここには香りがある、本物の香り、塩と空気と干物とタールと海藻と水の匂いがする。じつにいい匂いだ！　この国が本当に匂い立っている、たしかな香りがあると感じるのは初めてのことだ。彼は心の底から、この場所を教えてくれた友に感謝する。

リンさんは、女の子の服を少し脱がせてやる。彼女を自分と太った男のあいだに置く。座らせて。幼子は目を開ける。その目は海に、海の沖合いに向けられている。老人もそっちのほうに目を向ける。そして、船に乗っている自分を思い出したとたん、一気になだれこむように、おぞましくも鮮烈なイメージの数々がよみがえってくる。猛然と襲いかかってきて、心と魂と腹と手足を打ち据える拳の雨のように。そう、海の彼方、何日も幾日も遠く隔たった、はるか遠い彼方には、こういったものがすべてあるのだ。すべてあったのだ。

リンさんは手を挙げると、海の沖合いのほうを、青と白の水平線を指さし、大きな声で故国の名を呼んだ。

するど同じ方角を見ているバルクさんも、血管の中にか細い炎の流れが駆けめぐるのを感じ、おぞましい残酷なイメージがよみがえってくる。彼もまた大声で、海の彼方の国の名を、リンさんの国の名を呼ぶ。その名を何度も繰り返しているうちに、しだいに声は低くぐもり、肩が垂れ下がり、体ぜんたいも垂れ下がり、何もかも忘れ、新しい煙草に火をつけるのさえ忘れ、それまで吸っていた煙草をぽたりと地面に落としたまま、いつものように踵で踏みつぶすことさえ忘れている。

バルクさんは、ただの太った猫背の男にすぎず、か細い声でリンさんの国の名前を連禱のように繰り返し、目からこぼれる涙を拭こうとも、手で押さえようともしない。涙は頰にあふれ、顎を、首筋を濡らし、肌を伝って、シャツの襟の中に入りこんでいる。

老人はそれに気づく。友の肩に手を置き、やさしく揺すってやる。するとバルクさんは沖を見るのをやめて、目からあふれる涙越しに、相手を見つめる。

「わたしはあなたの国を知っているんですよ、タオ・ライさん、知っているんだ……」とバルクさんは語りだすが、その野太い声は今にも消え入りそうな、か細くかすれた声になっている。

「そう、知っているんだ」彼はまた海を、はるか彼方を見つめながら、話を続ける。「ずいぶん昔に行ったことがあるんですよ。今まで言えなかった。問答無用だった。無理やり行かされたんだ。わたしは若かった。なんにも知らなかった。戦争だった。今やってるのではなく、別のです。何度も繰り返された戦争のうちのひとつ。なにしろ、あなたの国ではひっきりなしに戦争が続いているから……」

バルクさんは一瞬声を詰まらせる。涙がたえず流れている。

「わたしは二十歳だった。二十歳で何がわかりますか？　わたしは、なんにも知らなかった。なんにも考えてなかった。なんにも。図体のでかいガキでしかなかった。ただのガキ。まだ子供なのに、鉄砲を持たされたんだ。タオ・ライさん、わたしはあなたの国を見たことがあるんですよ、そう、見たことがあるんだ、昨日帰ってきたばかりのように憶えてますよ、何もかも頭に残ってる、匂いも色も雨も森も子供たちの笑いも喚声もね……」

バルクさんは、そこで目を空のほうに向ける。はなを強くすすっている。

「向こうに着いたとたん、そのすべてが見えた。天国があるなら、きっとこんなところだろうって思ったな。天国なんて、もうそんなに信じてなかったのにね。われわれは、その天国を、銃や爆弾や手榴弾で死に絶やせって命じられたんですよ……」

あいかわらず涙を流しながら、太った男がゆっくりと語るのに、リンさんは耳を傾けている。その声の変化の中に、合図を、話の矛先とか意味の手がかりとか、聞き覚えのある抑揚をさぐりながら、注意深く話を聞いている。数週間前に見せてくれた写真を思い浮かべる。笑っている太った女の写真。それから、二人で何度も入った公園の、たえずくるくる回っている奇妙な回転木馬のことも思い出す。軸の上に固定されたたくさんの木馬があった。それが回転している。上がったり下がったりしている。それに乗った子供たちは笑い声をあげ、両親に向かって何か合図を送っていた。陽気でやかましい音楽も鳴っていた。太った男は、回転木馬の色々な部分を指さしては、しきりに話しかけてきた。見るからに、この回転木馬のことをよく知っていて、愛しているようだった。リンさんはどういうわけだか、ときどきうなずきながら、注意深く話を聞くのだった。腕に抱かれたサン・ディウは楽しそうにしているようだった。回転木馬は、なかなかおもしろい見せ物だった。最後に太った男は、回転木馬を担当している人のところへ握手をしに行った。二言三言交わしたあとで、彼とリンさんは公園を後にした。それから太った男は、しばらく黙りこんでいた。

リンさんは、涙して語る友をじっと見つめ、確信する。写真の女性、回転木馬、その両方が、太った男の過ぎ去った人生の一部をなしていて、彼の人生の今は亡き部分が今日、海を前にして、もうほとんど暖かいと言ってもいいほど晴れ渡った日差しのもとで、突然よみがえってきたのだ、と。

「通過したあのすべての村、ジャングルの中でつつましく暮らしているだけなのに、銃を向けなければならなかった人々、あなたの写真に写っているような藁と木でできた脆い、あの家並み……。その家で燃え盛る火、叫び声、裸で夜の道を逃げ惑う子供たち、そして炎……」

バルクさんはそこで口をつぐむ。あいかわらず泣いている。吐き気をもよおす。はるか彼方からやってきて、彼を動揺させ、殴りかかり、めった打ちにし、叩き潰す吐き気。恥の思いが、怒りのように彼に働く。

「赦してください、タオ・ライさん、赦してください……わたしがあなたの国と、あなたの人々に対してしたことを。わたしはガキでしかなかった、薄汚い愚かなガキだ、発砲し、破壊し、おそらく人も殺した……。わたしは卑怯者だ、どうしようもない卑怯者だ……」

リンさんは友をじっと見つめている。たった今口にした言葉から生まれた赤ん坊のように、激しい嗚咽でひたすら全身を震わせている。鎮まる気配はない。太った男の全身が、嵐に見舞われた船のように震えている。リンさんは友の肩に腕を回そうとするが、腕が短すぎて、広い肩には回りきらない。そこで、ほほえみかける。そのほほえみに、どんな言葉にも込められないほど、たくさんのものを込めようとする。それから沖に目を向け、はるか遠い彼方を見るべきだということを太った男にわからせると、悲しげな声ではなく、あくまでも楽しそうな声で、リンさんは故国の名をもう一度口に出す。すると突然、その名は苦痛ではなく、希望のように響きわたる。友を両腕で抱きしめ、そして、サン・ディウの体が二人の男のあいだに挟まれて、潰されるのではなく、むしろ守られていると感じる。

三日後、バルクさんはリンさんをレストランに誘った。たくさんのテーブルがあり、たくさんの給仕がいる立派なところだ。バルクさんは、驚いて周囲を見回している友を座らせた。老人はこんなに豪華な場所を今まで見たことがない。バルクさんは予備の椅子を持ってこさせて、そこにサン・ディウを座らせる。それから、黒と白の奇妙な服装をした男に話しかけると、男は小さな帳面に何か書き付け、お辞儀をしてから立ち去った。

「さぁて、これからごちそうがでてくるよ、タオ・ライさん！」

バルクさんは、自分の皿の横に置いてあった白の大きなナプキンを首に巻きつける。

リンさんも同じようにする。それから、何も言わずにおとなしく椅子の上で待っている子供の小さな首にもナプキンを巻いてやる。

「ときどき家内と一緒に来たところなんですよ」とバルクさんは言う。「ちょっぴり奮発したくなったときにね……」

その声が低くくぐもる。沈黙が続く。それからまた語りだすが、口調はゆっくりしている。ときどき話が途切れる。自分の中の遠い言葉を探しにでかけたまま、なかなか見つからないとでも言うように。

険しい山道を歩いているんだな、とリンさんは思う。そして太った男の声に耳を澄ます。その声は、まったく理解できないことを語っているのに、とても親しげに響く。友の声は深く、しわがれている。石や巨大な岩をこすっているような声だ。ちょうど急流が山を駆け下り、やがて川となり、音を響かせ、笑い、ときにはうめき、声高に語りだすように。それは、生命《いのち》のやさしい触れ合いから手荒い仕打ちまで、そのすべてを受け入れる音楽だ。

バルクさんは口を閉ざす。頭をのけぞらす。重い手を額に当てる。レストランのガラス窓から雲を見つめる。

「空は大きい……」と彼はつぶやく。

そして、友のほうに目を戻すと、低い声で語りかける。

「タオ・ライさん、あなたとこうしてここにいると、不思議なくらい落ち着いた気持ちになるんですよ」

給仕が料理を持ってやってくる。バルクさんは、最高のものを注文した。贅沢すぎるということはない。先日、港で過ごした午後のことを、彼は思い出す。胸にたまっていたものを洗いざらい話したこと、そのときの老人の仕草、そして思わず口を閉ざし、苦しみ、恥じたことを思い出す。それに値段などつけられない。

バルクさんとリンさんは食べ、そして飲む。リンさんは、それまで想像さえしたことのない料理を味わっている。知らない料理ばかりだけれど、どの料理もとてもおいしい。太った男が注いでくれる葡萄酒をちびちび飲む。顔が少しほてる。食卓が揺れる。笑いがこぼれる。ときに料理を子供にも味わわせてやろうとするが、あまりお腹がすいていないようだ。聞き分けのいい子なのだが、食は進まない。バルクさんは笑顔でその様子を見ている。他の客がときどき振り返って、彼らのほうをじろじろ見る。バルクさんは気にしない。

デザートが済み、給仕が食卓を片付け終わったとき、太った男は、さっき座ったときに自分の横に置いた袋を手に取り、中からきれいな包みを取り出すと、それをリンさんに差し出した。

「プレゼントですよ！」ところが老人がためらっているので、さらに続けて「遠慮しないで、タオ・ライさん、あなたへのプレゼントなんだから！　どうか受け取って！」

リンさんはその包みを受け取る。震えている。プレゼントには慣れていないのだ。

「さあ、開けて！」バルクさんは手振りを交えながら言う。

老人は慎重な手つきで包装紙をはがす。あまりにばか丁寧なうえに、手先が器用でないので、時間がかかる。紙をはがすと、きれいな箱が出てきた。

「さあ、さあ！」太った男は笑いながら相手を見ている。

リンさんは箱の蓋を開ける。中には、淡いピンク色の軽い薄葉紙がかかっている。それを取る。心臓が早鐘のように鳴る。小さな叫び声がもれる。丁寧に畳まれた豪華で繊細なプリンセス・ドレス。目もくらむようなドレス。サン・ディウのためのドレス！
「これを着たら、きれいだよ！」バルクさんは女の子のほうに目を向けながら言う。リンさんはドレスに触れることさえできない。汚したらたいへんだ。こんなに美しい衣服は見たことがない。しかも、その服を、たった今、太った男がくれたのだ。リンさんの唇は興奮のあまり震えが止まらない。彼はドレスを箱にしまうと、薄葉紙をかぶせ、蓋を閉めた。そして、バルクさんの両手を自分の両手で包みこむようにして、強く握りしめる。とても強く。長々と。サン・ディウを抱き寄せる。リンさんの目が光り、友を見つめ、女の子を見つめると、やがて、か細い、ややしゃがれた震える声がレストランの中に響いた。

いつでも朝はある
いつでも朝日は戻ってくる
いつでも明日はある
いつかはおまえも母になる

歌が終わった。リンさんはバルクさんの前で、感謝の気持ちを示すために頭を下げる。すると相手は、

「ありがとう、タオ・ライさん……」と答える。

午後も遅くなってから、バルクさんはリンさんを送っていく。気持ちのいい天気だ。そんなに寒くない。冬が果てようとしているのだ。宿舎の建物の前までやってくると、二人の男は、その日の終わりにいつもそうしているように、別れの挨拶を交わす。バルクさんは、〝こんにちは〟さんに、さよならと言う。リンさんは、バルクさんに、〝こんにちは〟と言う。

そして、老人は幸福そうに、小さな女の子をしっかりと抱きしめて、宿舎前の階段を上がっていく。

翌日、波止場の女が若い通訳の娘を伴って宿舎にやってきたとき、リンさんは友人に会うために外出するところだった。彼女たちは迎えにやってきたのだ。一緒について来いと言う。医者に診てもらわなければならないのだ。そのことは前々から聞かされていた。ごくふつうの手続きだという。それから難民事務所まで行き、いくつかの書類を補わなければならないらしい。

リンさんはとまどったが、あえてそれを口にしない。バルクさんはどう思うだろう？でも、すでに女たちは一緒に連れていこうとしている。

「この子も連れていっていいですか？」彼は若い通訳にきいてみる。彼女は波止場の女に通訳する。女は子供を見て、ためらい、そして何か答えた。「かまわないわよ、おじさん！」と若い娘は通訳した。リンさんは、それなら着替えをさせるから、数分待ってほしいと言った。医者は偉い人だ。よい印象を与えなければならない。老人は友人からもらった箱を手にする。中から美しいドレスを取り出して、サン・ディウに着せる。じつに美しい。まさにお姫さまだ。二人の女は笑みを浮かべて、老人を見ている。宿舎の子供たちも、ドレスを間近で見ようと寄ってきたが、母親の険しい声で呼び戻される。

三人を乗せた車が、見知らぬ街路を走っていく。リンさんが車に乗るのは初めてだ。狼狽している。座席の隅に縮こまり、小さな子をしっかり抱きしめる。子供のほうは不安そうにはしていない。美しいドレスが日差しを受けて輝いている。どうして車はこんなに速く走っているのだろう？　いったい何のためだろう？　リンさんは、水牛に引かれた荷車のリズムを思い出す。ときには眠りを、ときには夢を誘う、そのゆったりとした、しなやかな揺れ、風景はあくまでもゆっくりと移り変わる。そのありがたい遅さのせいで、世間を、畑を、森を、川をとくと見ることができる。すれ違う人と言葉を交わし、声を聞き、近況を伝え合うこともできる。車は橋の上から投げられた箱のようだ。息が詰まる。不安をあおる重いうなり声だけしか聞こえない。外の景色が渦を巻いている。これでは何も捕まえられない。じきに激突してしまうような気がする。

医者は若くて、背の高い男だ。波止場の女はリンさんと一緒に診察室に入った。もちろん若い通訳も一緒に。波止場の女は医者に何か話すと、出ていった。若い娘は通訳のために残った。医者は老人が抱いている子供を見て、若い娘に質問する。その答えを聞いて、医者はうなずく。また別の質問をするので、若い娘が通訳する。

「おじさん、歳はいくつですか?」

「わたしは年寄りです」とリンさんは答える。「ひどい年寄りです。竜巻で村がすっかりやられた年に生まれました」

「自分の歳がわからないの?」若い娘は驚いて聞き返す。

「自分が年寄りだということはわかってます、それだけです。歳がわかったところで、なんの役にも立たない」

若い娘がそれを伝えると、医者は何か書きつける。さらに質問が続く。若い娘が通訳する。以前に手術を受けたことがあるか？　故国には掛かりつけの医者はいたか？　定期的に治療を受けていたか？　高血圧の症状は？　糖尿病は？　難聴は？　視力は？

老人には、娘の言う言葉の半分しかわからない。あっけに取られて、娘を見ている。

「国のことを知らないんだね」老人はようやく答えた。「わたしが会ったことのある医者は一人しかいないし、それもずいぶん昔のことで、軍隊がわたしを必要としたときのことだ。それ以外は、村では自分の治療は自分でする。良い病気であれば、治る。悪い病気であれば、死ぬ。それだけのことだ」

若い娘がそれを通訳すると、医者は何か言った。若い娘はリンさんに、医者が診察したいと言っていると伝える。それにはまず服を脱がなければならない。彼女は衝立の後ろに引き下がった。

老人は彼女にサン・ディウを預ける。慎重な手つきで、若い娘の腕にサン・ディウを差し出すと、彼女はおそるおそるそれを受け取りながら、ドレスを褒めた。リンさんは感動する。太った友人のことを思い浮かべる。

医者は脈を取る。肉の削げ落ちた褐色のすべすべした肌に指先を這わせる。口を開けさせ、目を、鼻の穴を調べ、上半身に、腕の周囲に、奇妙な装置を取り付け、小さなハンマーで膝をたたき、腹部を触る。そして、服を着てもよいという合図を出した。

若い娘のところに戻ろうとして、医者が紙に何か書いているのが見えた。しばらくして、医者が立ち上がった。「終わりですって、おじさん、もう帰っていいのよ！」と若い娘は言う。すでに戸口に向かっている。リンさんはそれを引きとめる。「でも、この子はどうする、医者はこの子をまだ見てもいないじゃないか！」

通訳は何も答えられない。考えているようだ。それから医者に話しかける。医者はうなずく。「診察してくれるって、おじさん、頼んでみてよかったね！」

老人はサン・ディウのきれいなドレスを脱がすと、医者に差し出す。医者は子供を受け取ると、診察台に寝かせる。子供は何も言わない。リンさんは、だいじょうぶだよと話しかける。医者の手つきが穏やかなので、怖がってはいない。医者は目と耳を診察し、心音を聴き、腹部に手を当てる。そして、老人のほうを見てほほえみ、若い娘に話しかける。

「申し分なく健康だって、お医者さんは言ってるわよ、おじさん、心配することないわ。それに、かわいい赤ちゃんだねって！」

リンさんはほほえむ。うれしくもあり、誇らしくもある。彼はまた幼子に服を着せる。指先に触れるドレスは、肌のように柔らかい。

二人の女が彼を宿舎に送り帰したときには、遅くなっていた。ずいぶん前に日は暮れていた。もう外出することはできない。それに、バルクさんだって、ベンチをたって帰ってしまっただろう。きっと心配しているにちがいない。

若い娘は帰りがけに、こう言った。

「明日また迎えに来るからね、おじさん。今夜がここで過ごす最後の夜だよ。ここより何倍もいいところに移るのよ、ずっと静かで、ずっと居心地のいいところにね」

リンさんはあわてた。

「わたしはここで満足してるよ、出ていきたくない……」

若い娘は波止場の女に通訳した。二人は何秒間か話し合っていた。

「ほかにどうしようもないのよ」と若い娘は答える。「どうせ、みんな出ていくんだから。宿舎はもうじき閉鎖されるのよ。それに、そんなに遠くまで行くわけじゃないの。町が変わるわけじゃないのよ」

老人は最後の言葉で少し安心した。この町に残るのであれば、これからも友人に会うことができるわけだ。彼はそれを若い娘に伝えた。頼みごとのように。

「もちろん、また会えるわ！　明日、身支度をしておいてね。迎えに来るから」

リンさんの頭の中は混乱していた。医者といい、引越しといい、何から何まであまりにあわただしすぎる。

「少なくとも、わたしたちを離れ離れにしたりはしないだろうね？」

それはまるで叫び声のように口をついて出てきた。彼は小さな子を抱きしめる。いざとなれば、最後の力をふりしぼって闘い、爪を立て、嚙みついたっていい。

「何を考えてるの、おじさん！　そんなことするわけないでしょ！　あなたたち二人はいつまでも一緒にいられるわ、心配しないで！」

リンさんは落ち着きを取り戻す。マットレスの端に腰を降ろしたまま、もう何も言わない。二人の女はしばらくそのままじっとしていたが、やがて若い娘が声をかけた。

「忘れないで、明日の朝までには支度しておいてね！」

そして、二人は出ていった。

老人はなかなか寝付けない。横で小さな子がおとなしく寝ているのを感じているのに、それでも落ち着かない。今夜は、国で不安と闇につつまれて過ごした最後の夜を思い出してしまう。

何日も歩き通しだった。すでに灰と化した村をあとにしていた。サン・ディウを抱いて海に向かい、ようやくたどり着いてみると、彼と同じように生き残り、逃げ出してきた他の村の人々がほとんど着の身着のまま、茫然として、そこに集まっていた。そのときリンさんは、自分はほかの人よりずっと恵まれていると感じた。自分には、血のつながった小さな子がいる。粗末なトランクもあるし、そこには何枚かの衣類と、古い写真と、村の土を詰めた布の袋も入っている。黒い畑の土、それは生涯かけて彼が耕し、彼の前には父親が、その前には祖父が耕してきた土であり、自分たちを育て、そして死ねば受け入れてくれる土だ。

集まってきた村人は、板張りの粗末な小屋に入れられた。その数は数百人、互いに寄り添い、押し黙り、物音を立てず、言葉を交わさないようにしていた。なかには小声で、そのうち皆殺しにされるとか、船なんか来るわけがないとか、密航の手引きをする連中は自分たちのなけなしの金を受け取っておいて、いずれ首を刎ねるつもりなのだとか、このまま永遠に放置されるのだとか、ささやく者もあった。

リンさんは、その夜ずっとサン・ディウを抱きしめていた。周囲には不安と恐れと、ささやき声とあわただしい吐息と、悪夢があるだけだった。やがて白々とした光とともに朝がやってきた。そして夕方、船が見えた。それから、そのちっぽけな船は何日も何日も海上を漂った。灼熱の太陽が船首に、甲板に照りつけ、やがて夜になると、死んだ恒星のように海に沈むのだった。

リンさんの耳に、二人の男が宿舎の奥でカード遊びに興じながら、小声で話をしているのが聞こえてくる。それはありそうにもない宝物とか遺産とか、国のどこかに埋められている金貨のたくさん詰まった壺とか、そういう話だ。カードをテーブルにたたきつけながら、大声で夢物語を語っている。老人は彼らの話に思いを馳せる。自分の国の本当の姿について、本当の宝物について思いを馳せる。そして、小さな子をさらに強く抱きしめて、眠った。

翌朝、リンさんは荷物をまとめた。旅行鞄に詰めるものを詰め、支給された衣類をまとめた。彼は待つ。支度はできた。子供の支度もできている。綿のシャツにセーター、タイツに、難民事務所からもらった小さなスラックス、質素な服装だ。バルクさんからもらったドレスは丁寧に畳んで、鞄の中の写真と一摑みの土を入れた袋の横にしまった。

十時頃、波止場の女と通訳の娘がやってきて、挨拶する。

「迎えに来ましたよ、おじさん！」と若い娘が言う。彼は立ち上がる。体が重い。宿舎はそんなに居心地のいい場所ではなかったけれど、いつのまにか慣れていた。自分でも気づかずに、失った家の一部のような場所に仕立て上げていたのだ。

リンさんは、こっちを見ている三人の女とカード遊びに夢中になっている男たちに別れを告げる。女たちは陰険な笑い声で答える。「それじゃ、さよなら、おじさん、元気でね。とくにその子を大事にしなよ！　子供は壊れやすいからさ！」男たちのほうは、こちらを見もしないで、片手を挙げて振る。それだけ。

車に乗りこんだ老人は、落ち着かない。街並みが流れ去っていくが、どこも見覚えがない。雨が激しく降り出した。車の窓を伝って、滑り落ちる。形をゆがめ、色をぼかすこの動くスクリーンの向こうで、街が溶けていくように見える。

移動は延々と続く。老人はこの街がこれほど広いとは思ってもみなかった。どこまでも果てしない。二人の女はときどき言葉を交わしては、黙りこむ。若い通訳の娘が、老人を安心させてやるために、ほほえみかけてくる。運転手は何もしゃべらない。自分の運転する自動車を交通の流れに合わせて滑らせていく。

ついに到着した。車は、凝った細工のある大きな鉄門の前で停まった。運転手がクラクションを鳴らす。小さな通用門から男が姿を現す。運転手は窓を下げて、何か語りかける。男はいったん中に引っこむと、数秒後に大きな門が魔法のように開いた。車は庭園の中をくねくねと続く砂利道をたどって進んだ。庭園の端まで行くと、一段と高くなったところに、城のような建物が見えた。雨は止んでいる。車から降りると、リンさんは目を上げた。城にはいくつもの塔がそびえている。まるで空に突き刺さっているような感じだ。豪壮な建物だ。

「ここがあなたの新しい家ですよ、おじさん」と若い娘が声をかけても、老人は頭上ににょっきりそびえる塔から目を離せずにいる。

「ここですか?」老人は信じられない。

「そうよ、きっと気に入るわよ。ほら、広くてきれいな庭、散歩できるのよ。向こう側からは、下に海が見えるわ。それはもう、すばらしいわよ」

「海か……」リンさんは思わず繰り返した。

波止場の女は老人の腕を取ると、中に案内した。とてつもなく広い玄関だ。応対に出た男に、波止場の女がリンさんのほうを指さしながら、何か説明をしている。隅には鉢植えの椰子の木がある。その反対側の隅には、厚手の青いガウンを着た三人の老人がいる。肘掛け椅子に座って、リンさんを見つめている。死んだような目つきだ。何もかも死んでいるように見える。

リンさんは小さな子を抱きしめる。友人の太った男のことを思い、今すぐここに来てくれたらいいのにと思う。そうすれば、どんなにうれしいだろう！　でも、そんなことにはならず、ただ白衣を着た女がやってきただけだった。男がその女に何か言った。女はうなずくと、波止場の女と通訳の娘に言葉をかけた。

「おじさん、これからお部屋に案内するって」

白衣の女が老人の鞄を持ってやろうとしても、彼は取っ手を握りしめたまま、頭を振って応じようとしない。女は無理強いしない。すぐに歩きはじめ、ついてくるようにとうながす。一行はいくつもの廊下と階段を通った。途中で何人かの男女とすれ違ったが、みなとても年を取っていて、同じ青のガウンを身につけ、ゆっくりと無言で歩いていく。生気のない目でリンさんをじろじろ見る。なかには、杖とか松葉杖とか、あるいはそれにもたれかかって前に押す奇妙な装置に頼って歩いている老人もいる。

「ほら、おじさん、ここがあなたの部屋よ！」

部屋の壁はベージュ色。かなり広く、明るくて清潔だ。ベッドと、腰掛と、小さなテーブルと、肘掛け椅子と、洗面所がある。白衣の女がカーテンを引いた。大きな木が見える。梢が風に揺れている。

「眺めがとってもいいわ、見てごらんなさいよ、おじさん！」

リンさんは窓に近づく。木々、庭園、バナナの葉のように鮮やかな緑の芝生、遠くには、互いに寄り添う数え切れないほどの屋根、丘陵に波打つ街並み、縦横に行き交う街路と群集と自動車、エンジンとクラクションの音、そして、そのどこか、自分の知らないこの大都会の真ん中で、この二日会っていない太った友人が、きっとあれこれ自問しているのだ。

「定期的に会いに来ますからね。ここの人たちはみんなとても親切だから、きっとよくしてくれるわ、なに不自由なく暮らせるのよ！」

そう言って、通訳の娘はほほえむ。

「煙草は?」とリンさんはきく。

通訳の娘が波止場の女にそれを伝え、波止場の女は白衣の女に尋ねた。三人で話し合っている。通訳の娘が老人に目を向ける。

「ここは禁煙なの、おじさん。それに、煙草は健康によくないわよ!」

リンさんは急に悲しくなる。まるで体を切り開いて、無用であると同時に大切な臓器を取り除かれてしまったように思える。そう、体にぽっかり穴が開いたような感じだ。大きな倦怠感が全身を襲うが、子供に気づかれてはいけないと思う。自分はこの子にとって、あくまでも強い存在でなければならない。サン・ディウは自分を必要としているのだから。この子はまだまだ幼く、とても弱い。自分が弱気になっている場合ではないし、自分の運命を嘆いてはいけない。

「すべてうまくいくだろう」と老人は若い娘に言った。

しばらくして、通訳の娘も波止場の女も白衣の女も部屋から出て行き、幼子と二人きりになったリンさんは、飾り気のないベージュの壁を見つめた。たくさんの家族とたくさんの子供たちが押し寄せていくあの公園で見かけた大きな檻を、ふと思い出す。それから、見えない矢でも心に刺さったかのように、広大な田圃が目に浮かんだ。山を背景にして、目に痛いほどの緑がずっと広がり、その先には、行ってみたことはないけれど、海があるのだ。

老人はベッドに腰を降ろし、膝の上に幼子をのせると、額を、頰を撫で、やせ細って節くれ立った指先を小さな唇に、まぶたに這わせる。そして、目を閉じ、歌を口ずさむ。

日が傾くと、白衣の女がやってきた。パジャマと青いガウンを持ってきたのだ。これを身につけるようにとうながす。彼女は腕組みをして待っている。リンさんは小さな子をベッドに置くと、洗面所に入る。パジャマとガウンに袖を通してみる。ガウンは大きすぎて、裾がほとんど床まで届く。おかしな着物だ。化粧室から出ると、白衣の女が彼の姿を見てほほえむが、悪意のあるほほえみではなく、おもしろがっているような、愛情あふれるほほえみだ。リンさんの着ていた古い衣服を小脇にかかえて、出ていった。

まったく妙な気分だ。部屋のドアには大きな鏡がついている。その鏡を見ると、青の長い服を着た操り人形が映っているのが見える。操り人形はその衣服の中にすっぽり隠れ、手も袖の中に隠れている。顔はどうしようもなく悲しげだ。

やがて夜になった。ベッドに腰を掛けたリンさんは、幼子を抱き寄せ、あやす。白衣の女がまたやってきて、ついて来いと合図をする。彼女の足は速い。老人はその後ろから小走りでついていく。ガウンの裾がひっきりなしに開いたり閉じたりして、足に絡みつく。たくさんの廊下と階段を通って、ようやく広い部屋にたどりついた。三十脚ほどのテーブルがあり、数十人の男と数十人の女がそのテーブルを囲んで、黙々とスープを食べている。いずれも年老い、同じ青のガウンを着ている。

白衣の女がリンさんを空いた席へと案内する。二人の男のあいだに座る。向かいには、一人の女を挟むようにして、二人の老人が座っている。彼が腰を掛けても、誰も目を上げようとしない。スープ皿が運ばれてきた。サン・ディウは膝の上にいる。首にナプキンを巻きつけてやるが、彼と同じようにあまり食欲がなさそうだ。スープが口の端からこぼれ、顎に伝う。リンさんはそれを拭うと、手本を示すために、自分も何匙か口に運ぶ。

他の会食者たちは、彼に注意を向けない。何も見ていない。皿をのぞきこむようにうつむいている者もいれば、室内の遠い一点に茫然と目を向けている者もいる。顔面が慢性的に震えているものだから、顔中にスープを跳ね散らかしている者もいる。誰もしゃべらない。異様な静けさだ。聞こえるのは、皿に当たるスプーンの音、口をくちゃくちゃ言わせる音、それにときどき、くしゃみの音。それだけ。

リンさんは、宿舎のことを思い出す。冷やかしてばかりいる女たち、遊んでばかりいる男たち、やかましい子供たち。思わず懐かしさがこみあげる。たとえ自分には語りかけてくれなかったにせよ、国の言葉でしゃべっていたあの家族が懐かしい。少なくとも、昨日までは故郷の言葉の音楽の中で、あのかん高い、鼻にかかった話し声の調べにつつまれて暮らしていたのだ。何もかもが遠い。どうしてこんなにたくさんのものから遠く離れなければならないのだろう？　どうしてこの人生の終わりには、喪失と死と埋没しかないのだろう？

リンさんは幼子にぴたりと身を寄せる。食事の時間が終わる。老人たちはすでに立ち上がり、椅子をがたがたさせながら、次から次へと部屋を出ていく。部屋は空っぽになる。

リンさんは立ち上がる気力さえ出てこない。白衣の女が迎えに来て、彼を部屋まで連れていく。そして何か言葉を口にすると、立ち去った。

老人は窓辺に歩み寄る。風が止み、木々はそよとも揺れない。街に闇が降り、無数の明かりの花を咲かせている。ちかちかと瞬き、移動しているように見える。地上に落ちた星屑がまた空に向かって飛び立とうとしているようにも見える。でも、それはむりだ。いったん失えば、それに向かって飛び立つことはできない、とリンさんは思う。

日々が過ぎてゆく。老人は自分の新しい住まいがようやくわかってきた。廊下や階段のややこしい経路、食堂の位置、肘掛け椅子の部屋の位置。彼がそんなふうに呼んでいるのは、その部屋には肘掛け椅子があちこちに置いてあって、人が来るのを待っているからだ。彼はまた時間割も覚えて、決められた時間になると食堂に行くようになった。食堂では必ず同じ席、同じテーブルにつき、いつも押し黙っている同じ老人の横に座った。青いガウンにも慣れ、だぶついた布地にも、いくらか涼しい日に城の庭園を散歩するとき、小さな子を包みこんでやれるという利点があることに気づいた。

この新たな住まいで驚かされるのは、自分と同じ服装をしている周りの老人たちが、街の通行人と同じように、お互いまったく無関心なことだ。誰ひとり視線を交わすということがない。話も交わさない。ときたま口論が起こり、定かでない理由で住人同士の口げんかになることはあるが、すぐに白衣の女がやってきて、二人のあいだに割って入る。

リンさんは、庭園内であとをつけてきたことのある老女を極力避けている。最初、老女は彼の知らないうちに近づいてきて、幼子を奪い取ろうとした。彼女は笑いながら、しっかりと子供をつかんだが、リンさんはなんとか相手を押し戻した。すると彼女は大声で叫びながら、あとを追いかけてくるではないか。リンさんは木陰に身を潜め、子供を安心させようと耳もとでささやいた。老女は二人を見失い、そのまま通りすぎていった。それ以来、この狂った老女の姿を遠くに見かけると、彼は回れ右をするようになった。

庭園は広い。天候はますます穏やかになっている。日中、リンさんはしょっちゅう外に出て、陽を浴びる。ときには青いガウンを脱いで、パジャマ姿になることもある——昼のパジャマ、というのも、昼用と夜用の二つのパジャマがあると教えられたから——が、白衣の女がすぐにやってきて、ガウンを着るように命じる。すると彼は逆らわずに、またガウンを着る。

街を眺めていると、リンさんは必ずあの友人の太った男のことを思い出す。海を見ていると、あとにしてきた故国を思う。海の景色も街の景色も、同様に彼を悲しくする。時は過ぎ、彼の心にはうつろな悲しみが残る。もちろん、小さな子がいるのだから、強くなければならないし、いつも元気な顔をして、何ごともなかったように歌を歌ってやらなければならない。この子のためにいつも陽気にほほえみ、食事を与え、よく眠れるように、ちゃんと育つように、しっかりした子供に成長するように気を配ってやらなければならない。でも、時間だけはままならず、老人の魂を傷つけ、心を蝕み、吐息を縮める。

あの友にまた会いたいと切に思う。どうにか彼に会わせてくれるよう、通訳の娘に頼みたいのだけれど、通訳の娘も波止場の女も、あれ以来姿を見せない。そこでリンさんは、さんざん考えたあげく、自分ひとりでなんとかしようと思うに至った。ひとりで街に出て、宿舎の前の通りを、あのベンチと公園に通じる道を見つけ、友の太った男に再会するまで、ベンチで待ち続けようと思ったのだ。

彼は決行にふさわしい、よく晴れた日を待った。ついにその日がやってきた。リンさんはきっちり計画を立てていた。出発は昼食後。食堂に一番乗りすると、たらふく食べる。力をつけなければいけないから、一皿目を平らげると、二度もおかわりする。白衣の女が寄ってきて、その食べっぷりを見ると頬をゆるませ、肩に手を置いた。同席の老人たちはあいかわらず無関心だ。その瞳は、縁がわずかに赤い水たまりの真ん中にあるくすんだガラス玉のようだ。リンさんは周囲を気にせず、もくもくと食べ、食べ終わるとさすがに体が重く感じられた。重いけれど、力がみなぎっている。これなら行ける。そう、ようやく行ける。

サン・ディウは肩の上で眠っている。彼は食堂を出ると、庭園の真ん中の通りをつかつかと歩いた。最初の日にここに来たときに車で通った道だ。城から遠ざかるにつれて、人影はなくなり、すれ違うのは、木立から飛び立ち、芝生の中でうごめく大きなミミズをついばんでは、砂利道で飛び跳ね、ときおりかん高く鳴く鳥たちだけになる。

やがて大きな鉄門と、その横に建っている窮屈そうな守衛小屋が見えてくる。門は閉まっているが、そこから三メートルほど離れたところに、壁に開けられた小さな戸口がある。老人はそこに向かう。ドアの取っ手を握り、押し開けようとしたとたん、背後で大声が響いた。振り返ると、小屋から顔を出した男が、足早にこちらに向かってくるのが見えた。男は話しかけているのだが、リンさんには吠えているように聞こえる。その男には見覚えがある。ここにやってきた日に、タクシーの運転手と言葉を交わしてから、門扉を開けた男だ。

老人はあわてず、そのままドアを押し開ける。表の通りが見えたが、吠える男がすでにすぐそばまで来ていて、乱暴な手つきでドアを閉めると、リンさんの前に立ちはだかって、押し返した。

「外出したいんです」と老人は言う。「会わなければならない友人がいるんです」

もちろん相手はわからない。故国の言葉が通じるわけがないのに、リンさんはしゃべり続け、自分は外に出たいのだ、しなければならないことがあるから、通してくれと言い募る。

男は老人の痩せこけた胸に手を伸ばして、押し返しながら、空いたほうの手に握った、ときどきザーザー音のする装置に向かって話しかけている。やがてあわただしい足音が聞こえてきた。城からやってくる駆け足の音だ。白衣の女が二人、それにやはり白衣の男が一人、あとから追いかけてくる。

「外に出たいんだ」リンさんはなおも繰り返す。取り囲まれる。二人の女はどうにか老人をなだめて、連れ戻そうとするが、彼は言うことを聞かない。空いた手でドアの取っ手を握りしめ、もう一方の手で小さな子を落とさないように、腰をつかんでいる。

白衣を着た二人の女の顔から徐々に笑みと優しさが消えていく。すると白衣の男が近づいてきて、ドアの取っ手を握りしめているリンさんの指を一本一本離していった。すでにしっかり取り押さえられているにもかかわらず、彼は必死で抵抗している。女の一人が白衣のポケットから長方形の金属の箱を取り出した。蓋を開けて、注射器を出すと、針の先から薬品を何滴か押し出して、量を確認する。そして、リンさんのガウンの左袖をめくり、パジャマの袖をめくると、腕の筋肉に針を突き刺した。

老人はなおも抗い、しゃべり続けている。やがて全身がだるくなり、温かくなった。頭上で樹木がぐるぐる回る。取り囲む人々の顔が歪み、長く伸びる。声がくぐもり、砂利道が、空の青さに鱗をきらめかす水蛇のようにくねる。こうして気を失う寸前に、注射を打った女ではないもう一人の女がサン・ディウをつかみ、腕の中に抱き寄せるのがちらりと見えた。リンさんは、子供が地面に落ちなかったことを知って安心すると、人工の眠りの急な坂道を一気に転げ落ちていった。

果てしのない夜。いまだかつて経験したことのない夜。いつまでも終わりそうにないのに、その闇はまったく不安を感じさせないのだ。最初は、村の上の山にうがたれた蝙蝠の住処になっている洞窟にいるような感じだった。リンさんはその洞窟の中を、遠くに見える真っ白に輝く点に向かって歩きはじめる。歩きながら、力が体内によみがえってくるのを感じる。筋肉が肌の下でなめらかに動く。足がしっかりと地面を踏みしめ、快調に前に進んでいく。洞窟の出口にたどり着くと、目がくらんだ。猿や鳥の鳴き声でざわめく大樹の葉むらを透かして、陽が差しこんでいる。老人は目を瞬かせた。この光は目をくらませると同時に、言葉では言い表せないほどの深い喜びをもたらした。初々しい子供の喜びだ。

目が光に慣れると、数メートル先の岩場に腰かけている男の姿が目に入った。男は背中を向け、森の景色を見つめている。煙草を吸っている。リンさんが歩くと、枯れ枝が折れる音が響いた。男は振り返る。リンさんの姿に気づくと、笑みを浮かべ、うれしそうに頭を上下に振る。リンさんも、岩場に腰かけている男が友の太った男であることがわかると、ほほえんだ。

「ずいぶん時間がかかったね。煙草を十本も吸ってしまったよ！　はたして来るのかなと思ってた……」太った男は怒ったようなふりをして言う。

リンさんは、友人の言っていることが完全に理解できることに驚きもしない。

「なにしろ道があまりに遠くて。歩いても、歩いても切りがない」と彼は答える。

太った男も、リンさんの言うことが完全に理解できることに驚かない。

「待たずに帰ってしまったんじゃないかと心配してたんだよ……」

「まさか」と太った男は言う。「あんたに会うのをいつも楽しみにしているんだから。必要なら何日でも待ったよ」

その言葉を聞いて、老人は心から感動した。友を抱きしめると、たった一言「ついて来なさいよ」と言う。

二人の友は歩きはじめる。森の中の道を下ってゆく。美しく晴れ渡った日だ。あたりには湿った土の匂いとプルメリアの花の香りが漂っている。苔は翡翠を縫いこんだクッションに似て、竹林は無数の鳥たちのざわめきに揺れている。リンさんは前を歩く。しょっちゅう振り返っては、躓きそうな根や危ない枝が飛び出ているのを友に言葉や仕草で教えてやる。

森はやがて平坦な場所に変わる。二人の男はその縁で立ち止まり、広大な緑地を目で抱きとめる。その草原は、はるか彼方、震える青い海にまでつながっている。

田圃では、女たちが歌いながら稲の苗を植えている。その足は温かい泥に埋まっている。水牛が頭を垂れて物思いにふけり、その背中ではウシツツキが白い羽を見せびらかしている。子供たちは大声をあげ、柳の棒で水面をたたきながら、蛙を捕まえようとしている。そよ風に乗って、燕が目には見えない詩を空に書きつけている。

「じつに美しい！」と太った男が叫ぶ。

「これがわたしの国だ……」とリンさんは、領主のような手振りを交えて答える。

二人は広い野路を歩きつづける。ときに農夫とすれ違う。市場からの帰りなのだろう、天秤棒が軽くなっている。作物がよく売れたのだ。リンさんは挨拶し、友人を紹介する。二言三言交わすと、互いの幸福を祈りながら別れを告げる。

リンさんの村が見えるところまでやってきたときには、子供たちが大勢あとについてくるので、老人は大声をあげたり、叱りつけたりする。でも、その言葉に険悪なところはないので、子供たちは黄色い声をあげている。褐色の肌、黒い目、日差しを跳ね返す漆黒の髪、人懐こいほほえみ、素足、みんな育ち盛りのこの少年たちは、明日の夜明け、自分が心底愛しているこの村を、この国を、この大地を潤す樹液なのだ。

「ここがドクにいさんの家、ここがランにいさんの家。こっちがナンにいさんの家で、あっちがティエップにいさんの家、そして……」

リンさんは村のすべての家を友人に紹介していく。古い骨を太陽の光で温めるために窓が開いている墓所のそばまで来ると、祖先の名前も紹介した。手を合わせ、頭を下げて、挨拶する。太った男は笑みを浮かべている。こんなに幸福な気持ちになったのは久しぶりだとリンさんに言う。

豚たちが目抜き通りの窪みで埃にまみれている。犬たちがシラミ取りをしたり、あくびをしながら手足を伸ばしたりしている。雌鶏がわずかに残った穀物を奪い合っている。樹齢数百年の巨大なバンヤンジュの木陰では、老婆が竹を編んでいる。その横では、ぺたりと座りこんだ三人のやんちゃ坊主がコルク栓に突き刺した羽で遊んでいる。

「そして、これがわたしの家です」リンさんは友人にほほえむ。家を指さし、中に入れとうながす。太った男が階段を上りはじめると、その重さで板がたわむ。

「これ、だいじょうぶかい？」と彼は言う。

「これはわたしが作ったんだ」とリンさんは答える。「象だって上れるから、心配しなくていいよ！」

二人とも笑う。

部屋の中に入ると、リンさんは友人に座るようにすすめる。食事が二人を待っている。リンさんの息子の嫁が支度しておいてくれたのだ。それから、夫と一緒に子供のサン・ディウを連れて畑仕事に出かけた。

料理は皿と碗に盛り付けてある。ハマヒルガオとレモングラスのスープ、ニンニク風味の炒めた海老、詰め物をした蟹、野菜たっぷりの麺、甘酸っぱいソースをかけた豚、バナナの揚げ物、餅菓子。まさにご馳走だ。ひとつひとつの料理が家じゅうに、コリアンダーの、シナモンの、ショウガの、野菜の、カラメルの香りをまき散らしている。リンさんは友人に遠慮しないで食べろと勧めつつ、自分もたっぷり食べ、どの料理もおかわりしている。こんなに楽しく食事をするのは、本当に久しぶりのことなのだ。友人に米の酒を注いでやる。二人とも飲んでは食べ、そして笑みを交わす。部屋の窓からは、田圃と、水に映える陽の光が見える。

「こんなにうまいものを食べたことは今までないよ！」と太った男が言う。「これを料理した人の腕前はたいしたものだよ！」

「たしかに嫁は料理がうまい」とリンさんは答える。「息子は嫁を愛しているし、嫁も息子を愛している。それにとてもかわいらしい子を生んだ」

太った男は両手で腹をさする。碗にも皿にも何も残っていない。二人の友は満腹している。

「さあ、遠慮しないで煙草を吸って」とリンさんは太った男に言う。「あなたの吸う煙草の香りが好きなんだ」

そう言われて、太った男はポケットから煙草の箱を出し、黄ばんだ指で箱の底をたたいて相手にすすめるが、やはりリンさんは笑いながら頭を横に振る。太った男は一本抜き出すと、口にくわえて火をつけ、目を閉じて、最初の一服を吸いこむ。

陽は進む。開け放たれた家の暑さは、体をほぐす全身の愛撫に似ている。二人の友は風景を眺めては、互いに見つめ合い、言葉を交わした。時が過ぎてゆく。リンさんは、サーカスのテント小屋みたいな形をした山並みを指さした。尾根がわずかに震え、空に掻き消えそうに見える。彼はそれぞれの山の名前を言い、そのそれぞれについて、語り継がれている伝説を語った。ぞっとするような伝説があり、その逆に、軽妙で滑稽な伝説もある。太った男は、数え切れないほどの煙草をふかしながら、熱心に聞き入った。

夕暮れが大地を茶色に染めはじめるころ、リンさんは太った男に言った。

「さあ、そろそろ出かけましょうか、涼しくなってきた。歩けるでしょう。あなたに見せたいものがあるんだ」

こうして二人はまた村の通りに出て、畦道を通り、森の中に入った。バッタが翅をこすり合わせる音、猿の鳴き声、鳥の歌が二人を先導し、取り囲み、そしてあとからついてくる。リンさんが先に歩く。竹竿を手に、ときに野路に張りだす刺のある草を打ちながら、歌う。歌を歌う。

いつでも朝はある
いつでも朝日は戻ってくる
いつでも明日はある

いつかはおまえも母になる

「美しい歌だ」と太った男は言う。「その歌を聞くのがいつも好きでね」

「ふつうは女たちが口ずさむ歌なんだが、これを歌ってやるとあの子が喜ぶから、いつも耳もとでささやいていたんだよ。すると寝ていても目が輝く、その目が輝くのがわかるんだ。でも、よく耳を澄ましてごらん」とリンさんは言う。

「ほら、別の歌も聞こえてくるよ」

そして、彼は耳に手を当て、友人に注意をうながした。

軽やかに跳ねる水の音が森の奥から聞こえてくるような気がするが、このあたりには川やせせらぎがあるような気配はない。でも、聞こえてくるのはたしかに水の音、勢いよく流れる水の音だ。

リンさんは友人についてくるように合図する。道から外れ、森の中へと入っていく。その日最後の陽射しが、苔むす地面のそこかしこに黄金の金貨を散らしている。と突然、光の斑点の混ざった緑のモザイク模様の中から、泉が姿を現した。水は二つの岩のあいだから湧きあがり、五つの方向へと流れ出している。まるで差し出した手の、開いた五本の指のように見える。その五本の流れはやがて地面の下に潜ったかと思うと、その数歩先で、また奇跡のように光のもとに立ち現れるのだった。

「この泉はふつうの泉ではなくて」とリンさんは太った男に説明する。「この水を飲むと嫌なことを忘れさせてくれると言い伝えられているんだよ。村人の誰かが、自分が死ぬことがわかると、ひとりでこの泉にやってくる。村人はみんな、彼がどこに行くか知っているけれど、誰も一緒に行かない。ひとりで歩き、ひとりでここにひざまずかなければならない。泉の水を飲むために。そして飲んだとたん、記憶は軽くなる。あとには美しかった瞬間、楽しかった時、心地よく楽しかったことしか残らない。身を切るような思い出、傷ついた記憶、魂を切り刻み、むさぼる思い出はみな、海に滴らした墨の一滴のように溶けて消え去ってしまう」

リンさんはそこで口を閉ざす。太った男は頭を振っている。今聞いた言葉を何度も頭の中で転がしているように。

「だから」とリンさんは続ける。「これで、自分が死ぬと感じたときに、どこに行けばいいかわかったわけだ」

「まだ時間は残っているよ！」友人は笑いながら答える。

「そう」リンさんも笑いながら言う。「たしかにそのとおり、時間はたっぷりある……」

じつにいい天気だ。夕暮れが地上のあらゆる匂いに溶けこんでいる。

陽がだいぶ傾きはじめてきたので、二人の友はまた洞窟に向かう道をたどった。太った男が歩きながら、最後の煙草を吸うと、メンソールの香りが羊歯や樹皮の香りに混じった。

洞窟の入口まで来ると、二人は立ち止まる。太った男はなおも風景に目をやっている。

「じつにいい一日を過ごした！」

リンさんは友にほほえみかけると、抱き寄せた。

「帰りが遅くなるといけないから、それじゃまた」

「そうだね、それじゃまた。ありがとう、本当にありがとう！」

太った男は洞窟の中に入っていく。リンさんはその後姿を目で追う。その姿は徐々に暗がりに食われて見えなくなり、手を振って、さよならを告げたかと思うと、もう何も見えなくなった。

そして、老人も目を閉じる。

目を覚ますと、リンさんは縛られているような気がした。いや、そんなことはない、何も拘束するものはない、手首も足首も自由に動く。ここは自分の部屋だ。サン・ディウはどこだ？　彼は飛び起きる。心臓がびくりと跳ね、止まり、また動き出す。あの子はちゃんといる、肘掛け椅子の上で寝ている。彼は立ち上がって幼子を腕に抱くと、強く抱きしめてまた横になった。

記憶が戻ってくる。大きな鉄門に向かって進んでいく自分の姿が見える。大声で叫んでいる男の顔も見える。白衣を着た女と男の姿も見える。注射され、眠りに落ちたことを思い出した。

頭がひどく痛み、喉も渇いている。焼けつくような渇きだ。でも、焼けつくのは喉だけではない。疑問もある。自分はどこにいるのだ？　その中にいることはできても外出のできないこの場所はいったいどういうところなのか？　病院なのか？　でも、自分は病人ではない！　監獄なのか？　でも、過ちは何も犯していない。それに、注射されてからどのくらいの時間がたったのだろう？　まだ同じ日か？　それとも翌日？　一ヵ月後？　サン・ディウの世話をしたのは誰なんだ？　ちゃんと食事を与え、体を洗ってやり、やさしく撫でてやったのだろうか？

小さな子は不安そうにも、興奮しているようにも見えない。安らかに眠っている。リンさんは目を大きく見開いている。友の太った男のことを考える。彼を思うと、悲しみと希望がともにせり上がってくる。あのほほえみがまた目に浮かぶ。彼に再会するのを邪魔するものがあるとすれば、それは門でも、吠え立てる男でも、数十人の白衣の女でも、注射でもないだろうと思う。そう思うと、にわかに力がみなぎってくるのを感じる。さっきまではどうしようもなく落ちこんでいたのに、不死身であると同時に身軽に感じられてくる。

翌朝、リンさんは住人たちのもとに戻った。青いガウンを着て、ゆっくりと廊下を歩き、おとなしく食堂に向かい、いつものテーブルに着き、焦りや動揺や、空腹や消耗の徴候はみじんも見せない。白衣の女たちが自分に対して執拗な注意を払い、横目で見張っていることがはっきりとわかる。老人は壁伝いに歩き、笑みを絶やさず、目を伏せ、不文律の境界をけっして渡らないように庭園内を散歩する。ときにはベンチに腰かけ、小さな子をあやし、話しかけ、その耳もとで優しい言葉をささやきながら、感情の波と流れを騒がせる遠くの壁を見おろす。夜は食事が終わると、真っ先に部屋に戻って横になり、夜の当直を務める白衣の女が最後の見回りに来ると電気を消す。

リンさんは数日間、こうした規則に服従した。すべてを平常どおりに戻した。目立ったことはいっさいしない。あくまでもひとりの老人として、庭園内の通路を音も立てずに行き来する青いメルトンのガウンを着たか細く弱々しい数百の影のひとつとして振る舞った。

サン・ディウはこの新たな状況をつらがっているようではなかった。度量の広い子なのだ。迷惑をかけないように、この子だって頑張っているのだと老人は思う。まだ生後数ヵ月なのに、たくさんのことを心得ているのだ。じきにこの子も少女となり、思春期を迎え、やがて一人前の娘に成長するだろう。時はたちまち過ぎる。人生はたちまち過ぎ、蓮のつぼみも、池をおおう大輪の花を咲かせる。

リンさんは、この子が花開くのを見たいと思う。それを見るために生きたい、たとえ人生がどれだけ過酷であろうと、故国から遠く離れて生きなければならないとしても、たとえこの壁で閉ざされた家で生きなければならないとしても。いや、ここだけは御免だ。こんな養老院はいやだ。サン・ディウにはこの世でいちばん美しい蓮の花になってほしいし、彼も一緒にいて、その美しさを愛でたい。でも、愛でるのなら、戸外の光のもとで愛でたい、こんな牢獄のような施設はいやだ。あの友人なら助けてくれるだろう。本当に助けてくれるのは彼だけだ。身振り手まねで説明しよう。彼なら理解してくれるはずだ。あの友の太った男になんとしてでも会いたい。あの声を、あの笑い声を聞きたい。ひっきりなしに吸っているあの煙草の匂いをかぎたい。労働で傷ついた大きな手を見たい。彼の存在を、温もりを、力を感じたい。

春の三日目。朝の早い時間。リンさんは朝食をすませると、真っ先に食堂を出た。他の住人がまだパンを紅茶やコーヒーに浸しているうちに、彼は芝生の上をすたすたと歩いていった。朝のこの時間帯は、白衣の女も男も、食堂の横の小さな部屋に集まっている。彼らもコーヒーか紅茶を飲み、話をしたり、冗談を言い合ったりしているのだ。監視がもっともゆるくなる時間だ。

リンさんはまっすぐ門のほうには向かわない。部屋の窓から見えた木立に、まずは潜りこむ。この木立の後ろに、庭園を取り囲む壁がほかより低くなっているところがあり、木の枝が壁のすぐ近くまで張り出しているのだ。

彼は足早に歩く。小脇に抱えた小さな子が、ときおり、何をしているのかと問いかけるように目を開く。よし、壁が近づいてくる。思ったとおりだ。ここの壁はそんなに高くない。上のほうが崩れ落ちているので、額の高さほどしかない。さて、どうする？　窓から見えた枝は使えそうにない。あまりに高く張り出しすぎている。逆に地面には、短い枝がいくつも飛び出している枯れた幹がころがっているのをリンさんは見つけた。サン・ディウをひとまず地面に置くと、その幹を引きずってきて、壁に立てかけた。これなら梯子代わりに使えるかもしれない。ものは試しだ。うん、いいぞ、難なく壁の上まで達する。だが、どうやって反対側に降りる？　子供を抱えて？

そのときリンさんは、村の女たちが赤ん坊を連れて田圃に出たり、森に薪を拾いにいくときのやり方を思い出した。ガウンを脱ぐと、そこに赤ん坊を寝かせた。ガウンのポケットに忍ばせた古い写真と故国の土を詰めた小さな袋が落ちないように気をつけながら、ガウンを背中にきつく縛りつけた。こうすれば、背中にぴたりとくっついて、落ちる心配はない。老人は急場しのぎの梯子を上る。壁の上まで達すると、枯れ木の幹を引き上げ、そこで一息つき、庭園内に目をやって、人の動きの気配がないことを、誰にも見られていないことを確認する。それから木の幹を壁の反対側に降ろす。自分もすばやく降りる。足が人通りのない歩道につく。自由だ。この間、わずか数分。自由だが、パジャマ姿で、背中にはガウンにくるんだ子供を負ぶっている。幸せだ。あやうく叫びたくなる。彼は小走りに城から遠ざかる。まるで二十歳に戻ったようだ。

リンさんは足早に都心部へ向かう。ガウンをちゃんと着て、幼子を腕に抱いている。通りすぎる街路は閑散としている。ときたま、犬を連れて散歩している男や側溝を掃除している職員とすれ違うだけだ。でも、相手は顔を上げることも、注意を向けることもない。

十分に城から離れたと感じると、老人はベンチに腰かけた。まずはひと休み、それから、サン・ディウの着替えをする。太った男からもらったきれいなドレスを丁寧に畳んで持ってきたのだ。小さな子を見る。すばらしく美しい。リンさんは、こんな子の祖父であることを誇らしく思った。

老人は自分の部屋の窓から、じっくり時間をかけて街を観察し、その構造を頭に入れ、幹線道路の道筋をたどり、宿舎のあった街区と、太った男と入ったカフェや待ち合わせのベンチの位置の見当をつけようと努力した。だから、街路を歩きながら、自分が正しい方向に進んでいると確信していたし、慣れ親しんだ場所にじきに出られると思っていた。

友人と再会したら、彼はどんな顔をするだろうとリンさんは思う。必ず会えると信じて疑わないのだ。街はたしかに広い、計り知れないほど広いかもしれないが、だからといって、再会できないわけではないだろう、そう思うと、老人の顔に笑みが浮かぶ。

徐々に庭付きの瀟洒な家が少なくなっていく。すでに、くすんだ鉄色の倉庫が立ち並ぶ幹線道路の脇を歩いている。倉庫の前には何台ものトラックが待機している。トラックの横で男たちがおしゃべりしながら待っている。通りすぎるリンさんに目を留める者もいる。口笛が響く。どうやら話しかけようとしているらしい。大声で呼びかけ、笑う。老人は会釈して、歩みを速める。

道は延々と続く。いっこうに終わりが見えない。沿道には何のためのものか見当のつかない建物が立ち並び、排気ガスと長く引き伸ばされたクラクションの音で物々しく飾り立てられたトラックが出入りしている。リンさんは、そのせいで頭が痛んだ。小さな子がおびえるのを心配して、手で耳をふさいでやる。でも幼子はあくまでも素直で、何も言わない。ただ目を開けたり閉じたりしている。おとなしい。何があっても動じない。

そのうち足全体が痛くなってきた。スリッパで歩くのはたいへんだ。太陽がどんどん高く昇り、強く照りつけはじめたので、ガウンを着ていると暑すぎる。リンさんは初めて、何かおかしいと感じる。ひょっとしたら道が違うのではないか？ 迷子になったのではないか？ 彼は立ち止まり、あたりを見回す。そんなことをしても、何もわからない。遠くに目をやっても、たいしたものは見えない。窓のない巨大な建物の屋根、くるくる回っているクレーンの首、その上を白い鳥が群れをなして旋回している。

それを見ているうちに、この国に、この町に初めてやってきた日の曇り空を老人は思い出した。暑いのに悪寒が走る。つい最近のことなのに、遠い過去のことのようにも思えるあの日の午後の、細かい氷雨がまた肌に染みてくるような気がする。そんなことを思い出してしまうのも、あのクレーンのせいだ。港のクレーン。彼は考えこみ、立ち止まる。あそこにあるのが大きな港なら、小さな漁港はむしろこちらだろう、それがこちらにあるのなら、待ち合わせのベンチもたぶんこっちの方角にあるはずだ。

リンさんは左のほうに曲がる。気力が戻ってくる。今ごろ城では白衣を着た男女が建物の隅から隅まで、庭園内の隠れ場所になるようなところをすべて捜しまわっていると思うと、愉快にさえ思う。彼らはどんな顔をしていることやら！

にやにやしていたせいで、舗道に穴があいているのに気がつかなかった。油っぽい水がたまっている穴に左足を突っこんだ。よろめいて、あやうく転びそうになったが、かろうじて立ち直った。片方のスリッパが脱げた。排水溝の鉄格子に引っかかったままになっている。幼子を強く抱いて、スリッパを引き抜こうとする。穴の奥まで入りこんでいて、しっかり引っかかっている。それを引っ張る。どうにか抜けた。だが、手にしているスリッパは引き裂け、嫌な臭いのする水が染みこんでいる。使い物にならない。老人は狼狽した。なんとかスリッパの水気を切り、また履いてみるが、足が半分はみ出している。また歩き出す。歩みはさらに遅くなった。片足を引きずるように歩いている。むかつく臭いが立ち上ってくる。ガウンの裾にまでは気が回らなかったので、スリッパを引き抜こうとしたときに、前の部分が水浸しになってしまったのだ。太陽がにわかに協力的でなくなったように思え、疲労はさらに重くなる。サン・ディウは何も気づいていないようだ。些細なことにはまったく気を取られることなく、幸せそうに眠っている。

もはやリンさんはひとりで歩道を歩いているのではなかった。待ち合わせのベンチのある通りを行き交う群衆ほどではないにしても、すれ違う人の数がどんどん増えていく。男、女、手を握り合って走り、ぶつかり合う子供たち。倉庫のある地域をやっと離れたことに気づく。

あたりの建物はさほど高くはなく、その一階はほとんど商店になっている。食料品店、コインランドリー、魚屋。けたたましいサイレンの音を響かせながら、警察の車が何台か通りすぎていく。人にじろじろ見られるが、敵意はなく、むしろ驚いているようだ。すれ違いざまに、老人を見て、言葉を交わし合っている通行人もいる。汚れたガウンに、使い物にならないスリッパという姿では、さぞ見苦しいだろう。老人はそう思うと、顔を伏せ、歩みを速めた。

彼はこの界隈を、かれこれ三時間以上はぐるぐる回っていた。自分では前に進んでいるつもりで、同じ円形交差点をすでに四度も通りすぎていることに気づいていないのだ。街路の騒音、開け放たれたアパートの窓や、ときどき青年が肩に担いでいる馬鹿でかいラジオから聞こえてくる音楽、車の排気ガス、エンジンの音、台所の匂い、歩道に投げ捨てられた腐った果物、そういったものすべてが彼を打ちのめし、疲れをいっそう重くする。

もはや、のろのろと歩くだけで精一杯だった。片足を引きずって歩いているせいで、腰がきりきりと痛む。腕に抱いた幼子が何トンもあるように感じる。喉が渇く。腹も減っている。ほんのちょっと立ち止まり、街灯にもたれかかると、牛乳と水に浸したブリオッシュを入れた小さなビニール袋をポケットから取り出した。サン・ディウのきれいなドレスを汚さないように、口に含ませてやる。彼も二口飲みこむ。

そのとき突然、すぐ近くの花屋から女が飛び出してきた。まっすぐ彼のほうに向かってくる。どうやら花屋の店主だ。手に持った箒を頭上に振りかざしている。何か叫んでいる。

箒の先でリンさんを指している。通行人を呼び集め、千切れたスリッパを履いた素足と、嫌な臭いを放っている裾の汚れを示した。老人に向かって、さっさとこの場を立ち去れという仕草をする。通りのはるか遠い彼方を指さしている。人だかりができた。恥ずかしさのあまり、リンさんは棒立ちになった。女は野次馬の笑いに勢いづく。その偉そうな態度は、家禽小屋の堆肥を爪で引っかいて威嚇する太ったホロホロ鳥のようだ。老人はあわててビニールの袋をポケットにしまい、退散した。傷ついた動物のように脚を引きずっているその後姿を見て、人々は笑い声をあげた。太った女は、石でも投げつけるように、さらに何か言葉を浴びせかけた。笑い、それは刃物、心臓を探り当て、皮を剝ぐ研ぎ澄まされた刃物だった。

リンさんにはもう太陽は見えない、春一番の、じつに微妙な暖気も感じない。ただ前に進むだけ、わずかに残った力を、幼子を腕に抱くことだけに、片足をもう一方の足の前に出すことだけに集中し、機械のように歩くだけだ。通りにも家にも、もう目をくれない。

こうして彼は凄まじい顔でさまよう人となった。

刻々と時は過ぎ、すでに午後も遅い。朝から歩きどおしだ。朝から、きっとあの通りを、あのベンチを、あのベンチに腰かけた友を見つけられるという希望にしがみついて歩いてきた。もう頭が混乱している。こんなふうに出てきたこと自体が間違いだったのではないかとさえ思う。街はあまりに大きく、自分を呑みこみ、亡ぼす怪物だと思えてくる。もう何も取り戻すことはできないだろう、故国も、友も、自分から出てきたあの城にさえ戻れないだろうと思う。彼は悔いている。自分がみじめに疲労困憊しているからではない。自分のことなど考えてはいない。この小さな子のことを思うと、悔しいのだ。この子をこんなに疲れさせ、こんなにも揺らし、街の埃、喧騒、通行人の嘲笑にさらしてしまった。こんな祖父がどこにいる？　恥の思いが毒のように体に回る。

老人は壁に背中をもたせかける。自分でも気づかないうちに、ゆっくりとそのまま地面にずり下がっていく。たった一秒というべきなのか、一生涯というべきなのかはともかく、ゆっくりとアスファルトの路面へと崩れ落ちていく。だいじょうぶだ、地面に尻がついた、子供は膝の上にのっている。リンさんの顔はあまりの疲労と苦痛と幻滅のせいで腫れ上がっている。度重なる敗退と度重なる旅立ちで重くなっている。人生とは傷を連ねた首飾りを首にかけて生きなければならないものなのだろうか？　こうして何日も、何ヵ月も、何年も歩き続け、ますます憔悴し、やつれ果てることに何の意味があるのか？　過ぎ去った日々がすでに苦いのに、なにゆえ来る日も来る日も、さらに苦くなければならないのか？

頭の中で様々な思いがかち合う。そのせいで、男の足が自分のすぐそばにあることに気づくまでにしばらく時間がかかった。リンさんは目を上げた。男は大きい。言葉をかけ、リンさんの素足と小さな子を指さす。人相は悪くない。なおもしゃべりつづけている。もちろんリンさんには何もわからない。男はしゃがみこんで、上着のポケットから何か取り出すと、それをリンさんの右手にそっと握らせてから、また立ち上がり、うなずく仕草をすると、その場を立ち去った。

老人は手を開いて、通行人が握らせていったものを見つめる。それは三枚の硬貨、日差しに輝いている三枚の硬貨だった。男は施しをしてくれたのだ。男は自分を物乞いと見なしたのだ。リンさんは乾いた頬に涙が伝うのを感じる。

それから、かなりの時間がたってから、彼はまた立ち上がり、歩きはじめた。もう何も考えていない。ただ、小さな子を力のかぎりしっかりと抱きしめるだけ、ピンク色のきれいなドレスに包まれて、あいかわらずおとなしくしている幼子を抱きしめるだけだった。リンさんは前進する。よろめき、ゆっくりと歩き、人にぶつかっては突き飛ばされ、群集はますます勢いと密度を増し、彼を絞めつけ、息苦しくさせる。彼にはもう何も見えない、何も聞こえない。ただ地面を見つめる。彼の視線はあたかも鉛の錘のように、まっすぐ地面に垂れ下がり、自分のものではないこの土地を、けっして自分のものとなることはないこの土地を見ようと強い、徒刑囚が刑に服さなければならないように、ひたすら前進せよと強いられているかのようだった。何時間にもわたって。

すべてが混ざる。あまたの場所、あまたの日々、あまたの顔。老人は自分の村を思い浮かべる。田圃と、時間によってどんよりくすんで見えたり、きらめいて見えたりするその格子縞、束ねた稲藁、熟れたマンゴー、太った友の目、煙草の脂で黄ばんでいる頑丈な指、息子の顔立ち、爆弾でえぐられた穴、切り裂かれた死体、炎に包まれる村。彼は前進する。彼は歳月にぶつかり、人々とぶつかる。どこへ行くのかわからないけれども、いつも走っている人々、まるで人間の属性は走ることだと言わんばかりに、けっして立ち止まることなく、断崖めがけて走っていくようだ。

突然、肩に痛みを感じて、ずるずるとはまり込んでいた渦から引き出された。腕にボール箱を抱えた若者がぶつかってきたのだ。彼はあわてている。リンさんに声をかけ、大丈夫ですかときく。老人はけっして幼子を離さない。腕の中にしっかりと抱きなおす。女の子は目をぱっちりと開ける。大丈夫だ。青年は返事を待ったが、返ってこないので立ち去った。

リンさんはまた足を踏みしめ、あたりを見回す。おびただしい数の人、男、女、子供、家族連れ、いかにも楽しげに、大きく開け放たれた鉄門の中に殺到していく。その門の向こうには、大きな木立が、植込みが、通路が、そして檻が見える。檻だ。

老人は心臓が高鳴るのを感じる。檻だ。動物が入っている。見える。ライオン。猿。熊。リンさんは突然、いつも手もとに置いて見ていた絵の中に自分がいるような気がした。あの公園だ！　公園の入口の前にいるのだ！　回転木馬のある公園だ！　だが、もしそうなら、向かいには、その向かいには……。そうだ、何百台もの車が行き交うこの通りの向こう側には、ベンチがあるはずだ！　そして、そのベンチには、なんと、忽然と現れる幻のように、だがちゃんと肉体と重みを備えた現実のものとして、太った男が、友がいるではないか！　友は待っていてくれたのだ！

リンさんは何もかも忘れた。とほうもない疲労も、素足であることも、腐った水の染みこんだガウンも、ほんの数秒前までは自分を押しつぶしてしまうかに思えた絶望も、みんな忘れた。こんなに美しい太陽は見たことがない。こんなに澄み切った夕暮れの空を見たことはない。老人がこれほど激しい喜びを感じたのは久しぶりのことだった。

彼は震える足で、通りに踏み出し、叫ぶ。この国の言葉で唯一知っている言葉を叫ぶ。車とその喧騒の向こうにまで届くようにと、大声で叫ぶ。「こんにちは！　こんにちは！」リンさんは百メートルも離れていないベンチに腰かけている友に向かって、言葉を放つ。「こんにちは！」彼は叫ぶ、自分の人生そのものがこの単純な言葉にかかっていると言わんばかりに。

バルクさんは、靴の踵で煙草を踏みつぶしている。疲れを感じ、徒労を感じている。こうして何日も何日も、このベンチに通いづめなのだ。午後はずっとここで過ごしている、たったひとりで、週日はもちろん、今では日曜日さえも。タオ・ライさんは来ない。バルクさんは老人のことばかり考えている。それほど好きだったのだ。あのほほえみが、あの思いやりが、あの恭しい沈黙が、口ずさむ歌も仕草も好きだった。あの老人は自分の友だった。互いに理解しあっていた、長々とした話など必要なかった。

バルクさんは、彼の身に何が起こったのか知ろうとした。数日後、タオ・ライさんはおそらくもう待ち合わせの場所には来ないだろうと観念したとき、彼は何度も老人を送っていった建物に行ってみた。管理人は、たしかに二階には難民宿舎があったが、すでに閉鎖されたのだと言った。部屋は売りに出された。その代わり、もうじき保険会社だか広告代理店だかの事務所が入るらしいが、詳しいことは知らないと言う。

バルクさんは、友の風貌を説明してみた。

「ええ、わかりますよ」と管理人は答えた。「あの老人のことでしょう、悪い人じゃなかった、ちょっと孤独そうだったけれど、悪い人じゃなかった。何度か話しかけてみようとしたこともあるけど、まるっきり言葉が通じなくてね。よく周囲の人からからかわれていたけど、もういないよ。女たちが迎えに来たんだ」

彼はついに難民事務所にまで足を運んだが、いくら難民リストを調べても、タオ・ライという名前は見当たらないという答えが返ってくるだけだった。彼は途方にくれて、事務所をあとにした。

もう遅い。バルクさんはそろそろ帰らなければならない。でも、自分のアパートに帰ろうという気になれない。じつを言えば、もう何もする気になれないのだ。煙草だけは吸う。

吸えばいなくなった友のことを思い出せる。だから煙草の箱をつかみ、底をたたいて一本取り出し、口にくわえて火をつけると、目を閉じて、最初の一服を吸いこむ。

メンソールの香りのする煙が体に入り、閉じた瞼の暗がりにそのまましばらく留まっていると、突然、聞こえてきた。遠い声、はるか彼方、まるで地の果てからやってくるような声が「こんにちは！　こんにちは！」と叫んでいる。バルクさんは身震いした。目を開ける。友の声ではないか！　まぎれもなく、あの声だ！

「こんにちは！　こんにちは！」声はなおも続いている。バルクさんは立ち上がる。まるで気でも狂ったかのように、声のする方角を突き止めようと、きょろきょろあたりを見回す。声はますます大きくなる。その声を掻き消そうとするかのように無数のクラクションが喚きたてているにもかかわらず、声はますます近くなる。バルクさんの心臓が跳ねる。やっと見つけた！　すぐそこだ、三十メートル先、いや二十メートルか、そこにタオ・ライさんがいる。奇妙な青いガウンに身を包み、こちらのほうを見ながら手を差し伸べ、老いて皺だらけの顔に満面の笑みを浮かべて、やってくるではないか、「こんにちは！　こんにちは！」と叫びつつ。老人はこちらに向かって歩いてくる。バルクさんは歩道の端まで歩み出る。こんなにうれしいことはない。彼は叫ぶ。「そこにいて、タオ・ライさん！それ以上動いちゃだめだ！　車に気をつけるんだ！」というのも老人は、あまりのうれしさに、あまりに疲れているために、目の前に通りがあることを、車の往来があることを忘れているのだ。何台ものバイクが、トラックが、バスが彼をかすめ、ブレーキをかけ、ぎりぎりのところでかわしていることに気づいていないのだ。雲の上か、池の上でも歩いているように、晴れやかな顔で、進み出てくる。

リンさんの目に、友の太った男が近づいてくるのが見える。今でははっきりと見分けられる。〝こんにちは〟と言っている声が聞こえる。老人はサン・ディウに話しかける。「だから言っただろう、きっとまた彼に会えるって！　ほら、そこにいる！　こんなにうれしいことはない！」

バルクさんがいくら叫んでも、友には聞こえていないのか、ひたすら前に進み出る。笑みさえ浮かべている。二人の男の間の距離は十メートルもない。互いの顔も目も、その目に映る再会の喜びの色もはっきりと見てとれる。

ところが突然、いつまでたっても終わらないスローモーション・フィルムのように、友の太った男の顔つきが変わり、強ばって、口がぱっくりと開くのが、リンさんの目に映った。何か叫んでいることはわかるのだが、その叫び声は耳に入ってこない。とてつもなく大きな物音が他の音を掻き消しているのだ。そのけたたましい音が自分のほうに近づいてくるのが聞こえる。そちらに目をやると、車がブレーキをかけたまま横滑りしながら突っこんでくるのがわかった。運転手の歪んだ顔、ハンドルを握りしめている手、その目には恐怖と無力感が同時に読み取れた。老人はなんとか小さな子を守ろうと、両腕で抱きこみ、自分の体を盾代わりにしてかばう、それが続く、続く。

それがいつまでも続く。友の太った男の叫び、それが聞こえないリンさんはまた彼を見やってはほほえみ、車は横滑りしたまま猛スピードで突っこんでくる、運転手の顔は恐怖で歪んだまま。時間が延びる。リンさんに恐怖はない、疲れもない、友にまた会えてほっとしているだけ、でもなんとかこの子は守ってやりたい、歌の最初の部分を口ずさんでやれば、幼子は目を開けて見つめ返し、老人がその額に口づけすれば、愛したすべての顔が脳裡によみがえり、記憶の中で故郷の大地の薫り、水の薫り、空の、火の薫りが、動物たちの、花々の、皮膚の薫り、すべての薫りが入り混じる、とそのとき、ついに車がぶつかってきて、数メートル跳ね飛ばされたが、まったく痛みを感じないまま、サン・ディウの小さな体を包みこむようにして丸くなり、頭が乾いた音をたてて、地面にぶつかった。そして突然、真っ暗になった。

バルクさんは、いきなり体内に冷たいものが浸入してきたように思えた。事故がまぶたの裏に焼きついたまま、しばらくその場に棒立ちになっていた。タオ・ライさんの笑顔、ブレーキをかけたまま突っこんでくる車、衝突、衝撃、宙に跳ね飛ばされる老人、そしてどさりと地面に落ち、そのとき聞こえた木が折れるような音。

震えが走る。すでに野次馬が倒れた老人を取り囲んでいる。運転手は車の中でぐったりしている。バルクさんはあわてて駆け出し、怒りもあらわに、野次馬を押しのけ、人だかりをかき分ける。ようやく友のそばまで来る。老人は体を丸くして、横になっている。その肉体の両側に広がった青いガウンは、巨大な植物の花冠を思わせる。その傍らには、裂けた小さな袋から、黒いさらさらの土がこぼれだしている。やはりポケットから滑り出たのだろう、バルクさんの見覚えのある写真もそこにある。

バルクさんはひざまずく。写真を拾い上げる。友を腕に抱きかかえ、頑張れと声をかけてやりたいと思う。すぐに助けが来るよ、病院で治療を受ければすぐに治る、そうすればまた二人して散歩しよう、レストランに行こう、海辺に、田舎に行こう、もう二度と離れ離れになることはない、約束するよ。

タオ・ライさんの目は閉じたまま。後頭部の見えない傷口から、わずかに血が流れ出ている。血は舗道の勾配を伝い、少したためらってから、五本の筋に分かれて流れる。まるで、手と五本の指の粗描のように。バルクさんは流れる液体の手を見つめる。それは友の命を、去り行く命を示していた。不思議なことに、タオ・ライさんの血がアスファルトの上に描き出すその絵を見ているうちに、何日か前に見た夢を思い出した。それは、森が、泉が、沈む夕日が、清涼な忘却の水が出てくる夢だった。

バルクさんは、いつもそうしていたように、老人の肩に手を置いた。そして、そのまましばらくじっとしていた。かなり長い時間。誰も邪魔しようとしなかった。それからようやく、ゆっくりと立ち上がる。人々が訝しそうに彼を見て、後ずさりした。ちょうどそのとき、なかの一人が、自分よりも美しく光り輝くものを前にして後ずさりするように引き下がったときに、バルクさんは、その男の足もとに、〝神なし《サン・デュー》〟がいるのを見たのだ。友のタオ・ライさんが肌身離さず連れ歩き、まるで本当の子供のように、片時も忘れず気遣っていた、あのかわいらしい人形がそこにいる。その美しい黒髪の人形を見たとき、バルクさんの胸は高鳴った。彼女のためにプレゼントしたドレスを着ているではないか。目を大きく見開いている。無事だ。かすり傷ひとつない。まるで少し驚いているようにも、待っていたようにも見える。

太った男は前かがみになり、そっと抱き上げる。「サン・デュー」とその耳もとでささやき、涙で目が曇りながらも、ほほえみかける。そしてまた友のほうへ歩み寄り、またひざまずいて、人形をその胸の上に置いた。血はすでに止まっている。バルクさんは目を閉じた。にわかにひどい疲れを感じる。身に覚えのないほどの疲れ。目は閉じたまま。もう開けたいとは思わない。闇は、目の闇はじつにやさしい。気持ちがいい。このままずっと続いてほしい。途切れないでほしい。

「サン・ディウ……サン・ディウ……」

バルクさんはなおも目を閉じている。

「サン・ディウ……サン・ディウ……」

声が聞こえる、でも夢だと思う。その夢から出たくないと思う。

「サン・ディウ……サン・ディウ……」

声は止まらない。それどころか、さらに大きくなる。さらにうれしそうでもある。バルクさんは目を開ける。すぐ間近で、老人がこちらを見つめ、ほほえんでいる。彼はその腕にサン・ディウを抱き、片手でその髪を撫で、もう一方の震える手を友のほうに差し出す。

頭をもたげようとする。

「動いてはだめだ、タオ・ライさん！　とにかく動くな」バルクさんはそう叫んで、大笑いする。その体と同じくらい大きな笑い、それを止めることができない。「救助が来るから、静かにしてるんだ！」

老人は理解した。ゆっくりと頭をアスファルトに置く。太った男は手を取る。その手から気持ちのいい熱が伝わってくる。バルクさんは取り囲んでいるすべての人を抱きしめたいという気持ちに駆られる。さっきまでは殴り倒してやりたいと思っていたのに。友が生きている。生きているぞ！　だとすれば、と彼は思う、やっぱりあれは現実に存在するのかもしれない！　ときとして生じる奇跡、黄金、笑い、そして、自分を取り巻くものすべてが破壊と沈黙でしかないと思えるときに、新たに湧きあがる希望！

日が暮れる。空が乳色に、肌をやさしく撫でるくすんだ乳色に染まる。サン・ディウはリンさんの胸にわずかな重みをかけている。若い力が伝わってくるような気がする。自分がよみがえると感じる。車一台ごときに負けてたまるか。これまでどれだけの飢餓を、戦争を経てきたことか。そうやすやすとやられはしない。彼は幼子の額に口づけする。友とようやく再会できた。彼は太った男にほほえみかける。何度も何度も、〝こんにちは〟と呼びかける。バルクさんも「こんにちは、こんにちは」と応じ、この同じ言葉の繰り返しが、やがて歌に、二重唱になる。

救助がやってきて、怪我人のまわりであわただしく動き、あくまでも慎重に担架に乗せる。老人は苦しんでいないようだ。担架が救急車に運びこまれる。バルクさんは手を握り、しきりに話しかけている。とても美しい春が、ほんの兆しではあるけれど、そこまできている。老人は友を見やり、ほほえみかける。痩せた腕にはかわいい人形を抱いている。自分の命の拠り所でもあるかのように抱いている。本物の小さな子を抱くように抱いている。無口でおとなしい、時を超えた、夜明けの、東洋の、小さな子を抱くように。

たったひとりの小さな子。

リンさんの孫娘。

訳者あとがき

本書（*La petite fille de Monsieur Linh*, Stock, 2005）の著者フィリップ・クローデルは、昨年フランスで驚異的なベストセラーとなった『灰色の魂』が日本で翻訳出版されたのを機に、日仏学院とみすず書房の招きで今年の四月に二週間ほど日本に滞在し、京都、横浜、東京で精力的に講演活動をおこなった。訳者は早稲田大学、東京日仏学院、学習院大学で催された講演会とその後の夕食会に同席し、とても楽しく有意義な時間を過ごすことができた。

本書のフランスでの刊行は八月、日本では九月と、ほぼ同時刊行である。このようなことが可能になった背景には、ちょっとした偶然の要素がある。私たちが版元のストック社から仮綴の校正刷りを受け取ったのは四月の半ばだった。一読して、まさに驚嘆させられた。物語の内容もさることながら、『灰色の魂』とは正反対と言ってもいいような簡素で力強い文体で書かれていたからである。

『灰色の魂』は、いわば翻訳者泣かせの作品だった。どんなに頑張って訳しても日本語にならないフランス語特有のレトリックや言い回しに満ちていた。むろん、そういう困難な仕事に挑戦し、それなりの評価を得たことは翻訳者冥利に尽きると言い換えてもいい。

それがどうだろう。本書『リンさんの小さな子』ではそういう表現がほとんどないのである。これはフランス語で書かれなくてもよかったのではないか、そう言いたくなるほど、著者は言葉を切り詰めている。

訳者が本書を読み終えたのは、早稲田大学で講演会がおこなわれた四月二十五日のまさに前日だった。初対面の挨拶もそこそこに、読み終えたばかりの校正刷りを差し出しながら、すばらしい作品ですね、と率直な感想を述べると、著者はテーブルの隅にちょこんと座っている女の子を指さして「彼女のために書いたんだ」と言った。その指の先には、褐色に輝く肌と艶やかな黒髪の女の子がいた。明らかに東南アジア系の顔立ちである。自分の娘だという。よくよく話を聞いてみると、ベトナムを旅したときに彼女と出会い、養女として引き取ったのだという。名前はクレオフェ（Cléophée ギリシア神話に登場する栄光の女神）。

私は絶句した。欧米の人々が恵まれない子を養子に迎えることは珍しくないが、本書を読んだばかりの訳者にとって、目の前にリンさんの小さな子、サン・ディウが出現したように思えて、虚をつかれたのである。

本書の献辞にクレオフェちゃんの名前はない。だが、一九九九年に刊行された『カフェ・ド・レクセルシオール』(*Le Café de L' Excelsior,* La Dragonne)という中編小説には「私のかわいい妖精、クレオフェに」と記されている。彼女は今年で七歳になるということだから、この作品が刊行された時点では、まだ一歳そこそこ、ベトナムからやってきたばかりだったのだろう。

いずれにせよ、その場には『灰色の魂』の担当編集者尾方邦雄さんが同席していて、すでに原書に目を通していた彼もまた作品を称賛し、翻訳刊行の約束をしてしまったのである。そして私は、フィリップ・クローデル氏の帰国後、ただちに翻訳に取り掛かった。

こういう事情で日仏同時刊行が可能になったわけだが、このあとがきを書いている時点では、フランスでもまだ本書は店頭に並んでいないので、あちらでの評価・評判を紹介することはできない。わかっているのは初刷り十二万部、ストック社がどれほど本書に入れ込んでいるかを示す数字だけである。しかし、この作品にかぎって言えば、フランスでの評価を気にする必要はないだろう。ここにはフランスという国の名前も、ベトナムという国の名前も出てこない。たしかにサン・ディウ(Sang diû)やタオ・ライ(Tao-laï)という言葉にはベトナム語もしくはタイ語の響きがあるが、それによってどこか特定の国を暗示しようとしているわけではないだろう。そもそも、バルク（Bark）という名前自体がフランス人らしくない。ここには、親族をすべて失い、故郷の村を失い、国を失ったリンさんと、妻を失ったバルクさんが、言葉は通じ合わないのに心を通じ合わせるという物語があるだけである。二人は言語の壁を越える。あるいは通り抜けてしまう。この小説はその奇跡の物語である。

最後にこの場をお借りして、フィリップ・クローデル氏来日から、本書刊行までにお世話になったすべての方々に心から感謝申し上げたい。早稲田大学文学部教授の千葉文夫さん、学習院大学文学部教授の吉田加南子さん、同教授ティエリ・マレさん、東京日仏学院のクリスティーヌ・フェレさん、フランス著作権事務所の代表コリーヌ・カンタンさん、そしてみすず書房で海外著作権の担当をなさっている中川美佐子さん、編集者の尾方邦雄さん、ありがとうございました。

二〇〇五年八月

高橋　啓

著者略歴

(Philippe Claudel)

1962年フランスのロレーヌ地方に生まれる．小説『忘却のムーズ川』(1999) でデビュー，その後もナンシー大学で文学と文化人類学を教えながら，『私は捨てる』(2000年度フランス・テレビジョン賞)『鍵束の音』(2002) など着実に作品を発表してきた．2003年，『灰色の魂』により三つの賞を受賞して注目を浴びる．本書 (2005) と『子どもたちのいない世界』(2006) も話題を呼び，『ブロデックの報告書』では「高校生ゴンクール賞 2007」を受賞した．さらに映画『ずっと前から愛してる』(2008) を監督，戯曲『愛の言葉を語ってよ』(2008) もパリで初演されるなど活躍の場を広げている．

訳者略歴

高橋啓〈たかはし・けい〉1953年北海道に生まれる．翻訳家．訳書 シムノン『仕立て屋の恋』(早川文庫)，デナンクス『死は誰も忘れない』(草思社)，キニャール『アルブキウス』『音楽への憎しみ』『さまよえる影』(以上，青土社)，クローデル『灰色の魂』『リンさんの小さな子』『子どもたちのいない世界』『ブロデックの報告書』(以上，みすず書房)，ニコラ・ブーヴィエ作品集『ブーヴィエの世界』(みすず書房)，イゾ『失われた夜の夜』，ルーボー『麗しのオルタンス』(以上，創元推理文庫) など．

フィリップ・クローデル
リンさんの小さな子
高橋 啓訳

2005年 9 月16日　第1刷発行
2009年11月20日　第6刷発行

発行所 株式会社 みすず書房
〒113-0033 東京都文京区本郷5丁目32-21
電話 03-3814-0131(営業) 03-3815-9181(編集)
http://www.msz.co.jp

本文組版 プログレス
本文印刷所 理想社
扉・表紙・カバー印刷所 栗田印刷
製本所 青木製本所

Printed in Japan
ISBN 4-622-07164-9
[リンさんのちいさなこ]